神のゴミ箱
入間人間
イラスト／植田 亮
Design／カマベヨシヒコ

神のゴミ箱
入間人間
イラスト／植田亮

一章
『2000mg配合』

　大学で得たものは筋肉だった。人間、時間が有り余ると行き着く先は自己鍛錬らしい。あまりに無味無臭な大学生活を送る中で自堕落に陥《おちい》る前に、とりあえず暇《ひま》だから運動でもするかと思ったことから肉体改造が始まった。昨今は効率的な筋肉の鍛え方を簡単に、或《ある》いは安易にネットで検索できるご時世であり、安アパートがあっという間に修練所に早変わりとなる。

　近場にあるのならスポーツジムの会員となることも検討したが、学生街の町並みは安い居酒屋と飯屋、ついでに不動産屋に埋め尽くされて巨大建造物の挟《はさ》まる余裕はない。筋トレに目覚めたそのときは一月の後半、後期試験を終えて長い春休みに入ったばかりのことだった。日中だろうとろくに日も入らない、家賃相応の室内の寒さに震えていたので運動して暖を取るという目的もあった。当初は腹筋を三十回行うだけで腹を抱えて悶《もだ》えていたが、逆にその痛みこそが最大の収穫だった。そうした疲労によって、お手軽に達成感を味わえることは心の充足を生む。将来の目標も、展望も見据えないまま流されるように受ける大学の講義への徒労感とは異なり、自分が前進しているという錯覚に浸れる。本当は足踏みをその場で続けて、それに慣れただけに過ぎないが。

時間を持て余す男が効率的に鍛えて時間を節約することにどんな意味があるかも考えが及ばないほど、一時期の俺は筋肉に支配されていた。今もそれを引きずって、筋トレを怠《おこた》った日は眠る前に不安で苛立《いらだ》つこともある。このまま一日を終わらせていいのかと、深層意識まで腹筋が割れているかの如《ごと》く警告を発してくるのだ。結果、深夜に腹筋を始める日も少なくない。

そうしてアホの一つ覚えのように筋トレを繰り返した結果、もやしのようにひょろりと頼りなかったノッポがつくしぐらいにはなった。次に目指すのは丸太のような手足といきたいが、五月の連休に実家に帰省した際、『そんなにムキムキになってどうするの？』と至極真っ当な問いを母親に投げかけられて以来、俺の中で筋肉に対する熱意は冷めつつもあった。そこで理屈じゃないと振り切って我が道を邁進《まいしん》する者だけが理想の肉体を得るのかもしれないが、俺にそこまでの情熱と資質はないようだ。というか、ふりかけご飯（のり玉）ばかり食べている生活ではこれが限界な気がしなくもない。

端の汚れた鏡の前を、常にへらへらと笑いながら目の死んでいる背高ノッポが横切る。雑草のように生え茂った髪からは哀愁以上に不精《ぶしょう》を感じさせる。手櫛《てぐし》を入れると、荒れ果てた頭も少しはなだらかになった。ついでに喉《のど》の近くにひょろりと生えていた、やたら長く黒い毛を引っこ抜く。二ヶ月に一度ぐらいの割合でこうして生えるのだが、これはなんなのだろう。

指にくっついているその黒毛は、いくら手を振ってもどこかに飛んでいかない。仕方なく側《そば》に置いてあるゴミ箱に擦《こす》りつけてから、夕飯のために出かけるべく靴を履く。踵《かかと》を引っ張る際に屈《かが》むと丁度、ゴミ箱に書かれている『神』という文字が目に入る。むさ苦しい男の部屋に似つかわしくない丸文字のそれを数秒眺めた後、部屋を出る。

鍵もかけないで駅の方へ向かう。

取られて困るようなものは隠してある。それを探し出そうというのなら必然、小汚い部屋を掃除する羽目になるのだから大助かりだ。それに大人担当のサンタクロースがプレゼントを置いていってくれるかもしれない。そのときに鍵が開いていないからとすごすご帰ってしまったら大損ではないか。七月に入って梅雨《つゆ》明け間近の曇《くも》り空を見上げながら、めでたい夢を見る。

今年の冬は筋肉とバイトで乗り切った。そうして二年の前期講義が始まり、春の陽気に釣《つ》られてなにかが改善されることを密《ひそ》かに期待しながら、気づけば既《すで》に大学二回生の夏、金はない彼女もいない。唯一《ゆいいつ》の趣味は勝手なポエム批評とゴミ箱漁《あさ》り。

特に最後が字面だけだと問題に発展しそうだ。

もこもこと雲を着込んで透き通る青い肌を晒《さら》さない、淑女《しゅくじょ》のような空を見上げてぼやく。

「どこで間違えたかなぁ」

振り返っても、分岐点は少なかった。過去の見晴らしは良好である、なにもないから。

だからすぐに、誤りを見つけることができた。

やはり去年の夏に彼女と別れたことが、最たる間違いな気がしてならない。

別れなければ、ふりかけご飯（たらこ）も味わえたかもしれないのだ。

筋肉と出会う前、俺には彼女がいた。当時は当然、彼女の方が好ましかった。

大学の基礎ゼミで同じものを受講していたことが縁となり、よく分からない内に好きになって、いつの間にか俺の部屋で寝泊まりするようになっていた。こうして振り返ると彼女がアバズレかなにかに思えるが、実際、軽い面はあったのだろう。当然、お互いに。

でも一緒に暮らしたのがまずかったんだよなぁと、今になって思う。すごーく進化してしまった最近のテレビで、すごーく古い映画を観ると画像を粗く感じるもので。人間も近づけば、鮮明になれば。どんな綺麗《きれい》なものにも、荒い部分が見えてくるものだ。

彼女の悪口を具体的に言いたくはないので割愛するが、秋の終わりあたりに喧嘩《けんか》別れすることになった。喧嘩といってもほとんど一方的で、俺は疲れ果ててなにも口にしなかった気がする。激昂《げきこう》した彼女とは話が噛《か》み合わないので、なにを言ってもムダだと悟っていた。

そして最後はなぜか俺が袖《そで》にされた形で落ち着いた。そりゃあまぁ、女からすれば自分がフラレたより相手を振る方が収まりはいいのだろう。彼女は自分の名前が書かれたものをすべて纏《まと》めて、あぁいや、一つだけこの部屋に置き去りにして去って行った。

その夜は久しぶりに部屋が広くなったので、大の字になって寝た。

今夜は眠れないぜ、とうそぶいた三分後には意識を失っていた。

彼女は所有物に名前を書くのが癖《くせ》だった。はっきりとしたものが好きらしい。付き合い方、もしくは盛り具合が絶頂期だった頃は俺自身も名前を書かれていた。腹のあたりに彼女の名前があり、そのまま銭湯になど出かけたものだ。勿論《もちろん》、俺の名前も彼女に記入済みだ。あの頃の俺にはそれを見せつけるのが誇らしいこととさえ思えていた。

思い出したら少し死にたくなった。油性なので消えるのに時間はかかったが、今はその腹を筋肉で上書きし終えている。そこに傷はない、跡はない。実際、もう一回付き合おうと彼女が突然現れて言い出しても断るだろう。終わりよければなんとやら、ではないが最後に与えてくれた印象がよろしくないものだと、全体を通しても良い印象が失われるものだ。

彼女との出会いから生まれたものは、尊さを保てずに失墜して、最後はゴミ箱行きだ。

大学をうろちょろしてから汗びっしょりで部屋に戻ってきたが、出る前と変わりはない。机にほっぽってあるふりかけの袋に新しい種類が追加されていることもない。もし誰も部屋に上がることはなく、それでも変化があるとするならゴミ箱の中身しかなかった。覗《のぞ》いてみると、やはり増えている。まったくポンポンと気軽に捨ててくれる。ゴミだから当たり前だが。

『神』のゴミ箱の側に屈んで、今日はどんな糞《くそ》ポエムが読めるかなと中身を漁る。

俺は魔法使いでもないし世界の常識に則《のっと》って毎日を生きているつもりだが、このゴミ箱だけは例外だった。こいつは気づけば中身が増えている。中身は当然、ゴミだ。どうして財布あたりに同じ現象が起きないのかと悩ましい。ちなみにこのゴミ箱に書かれている神という字は元彼女の書いたものだ。ゴミ箱は元より俺の部屋にあったものだから、俺の名字が記された。

だからこれ、正確には『かみ』ではなく『じん』と読むのが正しい。しかしジンのゴミ箱は語呂が悪いし、なによりそれでは特別な機能を有しているようには到底思えない。『かみ』のゴミ箱と呼んだからこそ、摩訶《まか》不思議な力を発揮しているのではないかと考えている。

ここに引っ越してきてからホームセンターで買った安物なんだけどな。プラスチック製で青色、外見的特徴はなし。同じものがいくらでも買えるし実際に二個目を購入して試してみたのだが、謎《なぞ》の力を発揮しているのは『神』の名を持つこのゴミ箱だけだった。

ゴミが独りでに増える。嫌《いや》すぎるこの怪奇現象、送られてくるものの内容から推測したのだが、これ、どうもアパートの他の部屋から、各部屋のゴミ箱の中身が転送されているようなのだ。俺の親切心が肥大化しきった結果、他人様《ひとさま》のゴミまで捨ててあげるようになったみたいだ。

そんなわけないだろう。

誰かが部屋に忍び込んで捨てている、というのはあり得ない。俺の目の前で実際に転移した場面を何度も目撃している。まぁ透明人間がいるのならそいつが犯人だが、どっちにしたって摩訶不思議であり、はた迷惑であることには変わりない。ゴミ出しが大変なんだよなぁ。

一度、ゴミを捨てに行ったときに偶然顔を合わせた大家さん（老婆）に、『あなたってゴミばかり捨てているのね』などと言われたときは他のやつに文句を言え！　と言い返したくなった。

このように神のゴミ箱は俺に迷惑しかもたらさない、ように思えるがそのゴミで暇を潰《つぶ》すこともできるようになるあたり、人間の慣れというものは興味深い。神のゴミ箱に落ちてくるものは書き散らした謎ポエム、女の髪、中学校のプリント。あとは触りたくもない丸まったティッシュだの、アイスの空き箱だの本当に純粋なゴミが大半を占める。そりゃそうだ、ゴミ箱だもの。というか、アパートの他の住人はゴミ箱の中身が突如《とつじょ》消えることについて、なにか疑問を持たないのだろうか。わぁハイテクゥ、など納得していたらどうしよう。みんなアホだ。
あいつらの事情はさておき、「お、あった」本日の新作ポエムが届いていた。最近ではこれを読むのが唯一の娯楽といえる。しわくちゃのルーズリーフを広げて、なになに。

『蒼天《そうてん》の沈む日
夏の日は針　傷跡からあの日の血《いたみ》を見つけてしまう
優しくない　大切じゃない　忘れたい　愛したい
乾いた嘘《つよがり》が血《おもいで》に濡《ぬ》れる度　ひび割れていく
夏の日はただ鋭利な現実《はり》
溶けていく幻《わたし》に傷《かたち》を与えて
夏の日は破れた思い出をつなぐ鍵《はり》
光《まつしろ》に包まれながら

どうか紡いで　私の愛《いと》を』

「……きつぅい」

胸焼けしてしまう。声に出して読むと、悶え転がりそうになる。

このルビがキツイ。ここだけはどうしても慣れて乗り越えられない。

一体、どこのどなたがどんな顔をしてこれを書いていらっしゃるのか。

読んでいるだけでこっちが恥《は》ずかしくなる。籠《こ》もる熱気から逃げ出すように、窓から身を乗り出す。腕を引っかけるようにして、干された布団の如く窓際に張りつく。

外なら少しは風も吹いていた。景色としては遠くの大学を背景に、寮やマンションが見えるだけで面白《おもしろ》くもない。

地面の申し訳程度に生えた雑草を見つめながら、今回のポエムをつい思い返してしまう。

「とりあえず、あれだよな……タイトルと中身、あんまり関係なかった」

テンションのおもむくままに綴《つづ》った結果、一人で遠くに行っちゃったのだろう。

夏の日の執拗《しつよう》な針押しはなんなのだろうか。

ポエムは悲恋ものが大半を占める。恋しちゃってるねー。

ボツ作品だからゴミ箱に捨てるわけで、合格品はどれくらいの破壊力なのやら。読んでみたい気もするし、そっとしておいてほしいと拒否する気持ちもある。人間って複雑だ。

誰が書いているのかなぁと人物像に思いを巡らせるが、候補がさっぱりあがってこない。

このアパートの住人との親交は浅いものだ。二階に住む連中など顔と部屋の位置が一致しないときもある。顔見知りで行動を共にする機会が多いのは、隣の部屋の西園《にしぞの》という男だけだ。更に隣の部屋には女子中学生とそのオカーチャンが暮らしている。話すのは精々、そこまでだ。

今、その女子中学生が窓から顔を出した。俺と同じような姿勢を取ってから、こちらに気づく。「うーす」と気怠《けだる》く手を上げると、「こんばんは」と明るい調子で挨拶《あいさつ》してくれた。

前髪を切り揃《そろ》えたいわゆるおかっぱ頭に見えるが、本人に言わせると『ちょっと違います』。多少怒る程度にはこだわりがあるのだろう。左右や後ろの髪を少し長くしているあたりだろうか。顔は幼くて鼻もまだ丸い輪郭《りんかく》の目立つところはあるが、年齢に相応のかわいらしさがある。

この子とは、実は名前を覚えていないのだが、顔を合わせれば挨拶ぐらいはする仲だ。あと暑ければ暑いですねと世間話を交わす程度の愛想もある。アパートの住人で一番良い子は、恐らくこの子だろう。この子のママンは強烈なのだが。フグが日本刀振り回すぐらいの勢いだ。

アパートに母子家庭で住み着き、父親は見かけたことがない。死んだか別れたかしたのだろう。中学生のプリントは恐らくこの子が捨てている。暇なときには読んでみるのだが保健だよりとか国語の教科書のコピーなんて懐かしいものが目白押しで、郷愁に駆られることも多い。

自意識過剰で、焦《あせ》るように愚行《ぐこう》を繰り返して。今となっては『恥《はじ》』になりさがった思い出も多いけどな。

「あっついですね」

「ほんとね」

この季節にはお決まりとなったやり取りを交わした後、前を向く。女子中学生となにを話題にして盛り上がればいいのか。相手も大学生と共通の話題なんて持ち合わせていないだろう。

『おたく、あのお母さんと血縁関係あるの？』とか聞いちゃうのは簡単だが、どんな反応をするのか予想できないので呑《の》みこむ。そのオカーチャンが部屋の中にいないとも限らないし。

素敵ポエムの作者がこの子ということは、あるのだろうか。多感な時期にある少女が思いの丈を詩の形で表すことは珍しくない、気もする。そうなのか？　気になっても迂闊《うかつ》に確認することはできない。出所がなんとも説明しがたいからな。信じてもらえるかどうか。

もしこの子だったら、賢いものだ。

俺が失いつつある想像力の翼というものの広がりを感じるし、なにより。

俺は中学生のとき、鍵って漢字を辞書なしで書けなかったよ。多分。

「あの、神《じん》さん」

「んー？」

名前を呼ばれたので顔をあげる。女子中学生が腕に顎《あご》を載せて、こっちを向いていた。

暑いですねぇを済ませた後に話しかけてくるなんて珍しいな。

それと、俺の名字を覚えているんだなと、変なところに感心する。

「じ、んさんは、えっと、ぱ、」

「ぱ？」

女子中学生が言葉に詰まる。喉に餅《もち》でも詰まったように、顎から赤くなっていく。面白い赤面の仕方だ。吐き出そうとしてぷるぷるしているが、なかなか出てこないらしい。口にしづらいということは、猥談《わいだん》でも振ってくるつもりだったのだろうか。やるなぁ女子中学生。

勝手に期待してワクワクしながら待っていたが、それを察したように女子中学生が首を横に振る。

「やっぱり、いいです」

「……そう」

すごく気になる引っ込め方だった。聞き出したいが、一部屋挟んで少し距離がある。この距離感を保っていると、相手の事情に踏み込みづらい。

でもそれは相手に幻滅しなくてよい、理想の距離かもしれなかった。

女子中学生が三回ほど溜息《ためいき》をついてから引っ込んだので、俺も倣《なら》って後ろに倒れ込む。寝転んでから、蚊《か》への対策をしていたのに気づく。目の前を蚊が飛んでいったからだ。手を伸ばして摑《つか》もうとしても、嫌な羽音だけを残して、天井へ羽ばたいていく。

灯《つ》りも点けずに少し薄暗くなった部屋の中、微《かす》かな羽音だけが響く。神という名に相応《ふさわ》しい魔法を授かるなら、ゴミ箱ではなく羽がほしかった。易々と飛んでいるやつを見上げて、そんなことを思う。この部屋の天井が低いから、余計にそんなことを願うのだろうか。

このボロアパートには一階に四部屋、二階にも三部屋がある。一階の住人は先程の女子中学生家族に、西園という夢見がちな男、大家とそして俺。はっきりとしている。しかし二階とはほとんど交流がない。ゴミ箱を通して、多少ならその生活に触れているという感じか。

二階の奥の部屋にいる男は週替わりのペースで様々な女を連れ込む人類（半分）の敵だが、朝方に帰っていくその女たちはなぜか髪が短く切り揃えられている。みんなおかっぱみたいな髪型になっているのだ。その切った髪を広告のチラシにくるんでゴミ箱に捨てているようだが、謎は多い。しかし髪の束って普通に気持ち悪いな。最初にゴミ箱に届いたときは人でも殺して遺体を処理した一部かと勘違いし、深夜に一人、ひぃひぃ叫んでしまった。生首がくっついていないかと及び腰で確認したものだ。幸いなことに二階の男は猟奇殺人犯ではなかったし、首がないまま帰る女も今のところは見ていない。

その隣、真ん中の部屋の男については本当に親交がない。大抵は部屋に籠もっているようだが、特徴はワカメ頭ぐらいだ。天然らしく、髪がぐねぐねと曲がって前髪がすごく邪魔そうに伸びている。話したことはほとんどない。でも時々、美人が部屋に遊びに来る。やつも敵だ。

そして最後、俺の頭の上に住むやつ。こいつは女。名字は比内《ひうち》だったはず。半年ぐらい前に引っ越してきたときに一度だけ挨拶してきたが、実に義務感溢《あふ》れる調子だった。愛想がなく、口数も少なく。しかし若く、綺麗だからという理由だけで大半の男に許されていそうだった。

当然、俺も許した。それ以来、一度も口を利いたことすらないが。

「……お？　またゴミが送られてきた」

首を後ろに傾けて、反転する景色の中でゴミ箱の変化に気づく。薄っぺらいゴミ箱なので、中身が増えると半透明ながら確認できる。今度はどんなゴミだろう。ゴミの行き着く先という嫌な表現を思い浮かべてしまう。この部屋全体がゴミ箱なのかね。

足を伸ばし、指先で窓をスライドさせて閉じる。鍵はうまくかからなかったので諦《あきら》めて、寝転んだまま背中で這《は》ってゴミ箱に近づく。ぐねぐねと身体を捻《ひね》って、脇《わき》が痛くなった。

でもそうして動くと視界がひっくり返って、自分が天井に向かって飛んでいるように見えて、少し軽快なものがあることを知る。そのまま横着にゴミ箱を漁ろうとしたら腕が引っかかり、ごてんと俺の顔に向けてゴミ箱が転がった。ぐぇぐぇと悲鳴をあげている間にもゴミが顔面に降りかかる。口にも入ってきたので、ベ、と舌を出して外に吐き出した。人間、手間を惜しむと相応の結果しか得られないという良い教訓になった。問題はそれをすぐに忘れてしまうのが人間だということだ。そんな風に、個人ではなく種族の問題にしてごまかした。

起き上がってから、空っぽになったゴミ箱を摘《つま》み上げて、見つめる。頭にかぶる。なぜだ。髪の量が多くて入れるのに苦労した。そこまでしてなぜ続ける。ゴミ箱をかぶったまま数秒ジッとしてみたが、すぐに暑苦しくなったので外す。やっぱりかぶるならバケツだな。

代わりに頭に引っかけるように載せてみた。髪を梳《す》いていないせいか、案外と安定して載ってしまう。立ち上がっても落ちる気配がない。そのまま鏡の前に立ってみる。へらへら笑っている、目の死んでいる男の頭に『神』と書かれたゴミ箱一つ。予想より破壊力があった。俺が俺じゃなかったら即、通報している。にやぁっと、深々と笑ってみたらもう絶望だなって思った。

それも飽きたのでゴミを片づける。まだ口を縛《しば》っていないゴミ袋に、内容を確認しながら一つ一つ不要物を突っ込んでいく。ゴミの中から暇つぶしを探すなんて、宝探しみたいだ。

他人様の素敵ポエムを勝手に読んでいいのかという疑問はあるが、捨てたものだ。俺がわざわざ外のゴミ袋を漁りに出かけているわけでもないし、個人で楽しむ範囲なら構わないだろう。

そいつらの分までゴミ出しに出かけている回数が増えているのだから、その報酬《ほうしゅう》としておく。

折《たた》り畳まれたルーズリーフを見て、開く前から素敵ポエムだと確信する。今日は二作目だ、創作日和なんだろうか。絶好調ですなぁとにやにやしながら、皺《しわ》を伸ばしてご開帳する。

『さようなら』

最初に飛び込んできたのが、そんな題名だった。

シンプルながら刺激的だ、と続きに目をやる。

『命が尊いとあなたは言うけれど、その言葉が錨《いかり》となることはなく

強い風に煽《あお》られた道《じんせい》が消えて、どこにも行けなくなってしまう

命を捨てるわけじゃない
揺れ動く世界から振り落とされるだけ
翼をなくした人間が空を舞い落ちるとき、魂はどんな色に人を包むのだろう』

「…………………………」

読み終えてから、思わず正座してしまう。

いつもの痛いポエムではあるしかし、これは。なんというか、メッセージ性がね、あるね。

題名も含めて、随分《ずいぶん》と賑《にぎ》やかな内容だ。命を捨てるとか、笑ってやり過ごせない表現はどうなんだろう。正座を崩しても落ち着かず、頬杖《ほおづえ》をついたり、やめたりと忙しない。

床に置いたポエムとしばらく睨《にら》めっこした後、直視するのを避けていた第一印象に向き合う。

「これって、さぁ」

いわゆる遺書ではないのか。詩的すぎるが、そう取れる内容だった。

なんちゃっての可能性も高い。いやしかし。マジの遺書だったら、どうしよう。文学的表現というやつに留まっているのだろうか、こういうのは。詩集なんて寺山修司《てらやましゅうじ》ぐらいしか読んだことがないので基準というものが摑めない。ポエマーはどこまでが本気で、目の前の事象を捉《とら》えているんだ？　思わず窓の外に目をやる。死体は今のところ転がっていない。

だけど、これで三日後あたりに死体が一つとなったら、悔やむなんてものじゃない。

「ま、まず、飯だ。飯だなっ」

なぜだ。なぜここで飯を食う。口と思惑の矛盾に戸惑いながらもてきぱきと動き、逃げるように部屋を出た。財布は持ったか？　と自分に聞いてみたが確認もせずアパートを離れた。

鍛え上げた筋肉は怯《おび》えて縮こまっている。ええい根性なしめ。

実戦経験の不足を嘆くばかりだった。


坂を下りて、地下鉄の入り口の前を更に下った先にあるビルの一階、洋食工房の門を叩《たた》く。駅の入り口にある牛丼屋を通りすぎて、こんなところまで逃げてきてしまった。ここは気合いを入れて門戸を叩かないといけない場所だぞ。味はいいのだが、問題はその量にある。

調子に乗って注文すると、信じがたい量を出してくる店だからな。爆食認定証なるものを発行しているのはだてではない。腹具合を確かめて、まぁなんとかなりそうだと店の戸を開く。

店内に入ると、香ばしい揚げ物の香りがわっと押し寄せてくる。小さな波が口や鼻を塞《ふさ》ぐように。厨房《ちゅうぼう》で調理に明け暮れるおじさんがこちらを向き、「いら、っしゃい」と一瞬言葉に詰まる。なんだかあまり歓迎されているという雰囲気ではなかった。なんだろう。

店内を見回すとカウンター席で友人が飯を食っていた。挨拶代わりにその後頭部を軽く叩くと、口からキャベツの端がはみ出した友人が振り向く。俺を見上げて、怪訝《けげん》な顔になる。これまた歓迎の目つきではない。さっきからなんなのだ。

「それどういうファッション？」

「あん？」

友人が箸《はし》で頭上を指す。手を伸ばすと、こつんと指の関節がそれに当たる。

神のゴミ箱が載ったままだった。

「おわっ。取るの忘れてた」

指摘されて慌《あわ》てて外す。道理で店員が唖然《あぜん》としているわけだ。半笑いになっている客もいるが。手にとって、やっぱり神の部分が痛々しいよなぁと自己分析する。そして最後になったが、羞恥心《しゅうちしん》が怒濤《どとう》の勢いで溢れかえる。ゴミ箱を抱えて、いそいそと席に着くことにした。

「おぅ隣に座るなゴミ男」

友人に手招きされるほど歓迎されたので、丁度空いていた隣の席にお邪魔することにする。

この友人、名を月寒《つきさむ》という。俺の友人である以上、ろくでなしだ。類は友を呼ぶ。同じ大学に通うダメ人間だが彼女はいない。よって敵ではない。

月寒はから揚げにネギ味噌《みそ》みたいなソースをかけたものを囓《かじ》っている。美味《うま》そうにみえたので俺も同じものを注文した。それから頭を掻《か》く。ゴミ箱をかぶりっぱなしで蒸れたのか、頭皮が少し痒《かゆ》い。頭皮を弄《いじ》りながら、店内を見回した。

カウンター席しかない小さな店なのだが、席はほとんど埋まっている。顔ぶれは男子大学生ばかりだ。近くに大学が三つもあれば客層は自然偏る。ソース類と一緒に置かれているキムチは食べ放題なのだが、辛いものは好まないので手を出したことはない。

月寒を横目で見ると、定食にくっついた味噌汁をすすっていた。椀《わん》を置いてから、月寒の切れ長の目がこっちに向けられた。

「青いバケツみてーなのかぶってるゲーム、なんかあった気がするんだよなぁ」

「マリオとワリオ？」

「それそれ。マウスで操作するんじゃなかったっけね。あー懐かしい」

しゃくしゃくとキャベツを噛む音が聞こえる。話は終わったらしい。

こっちは月寒の黒々とした二の腕を見て、近況を尋ねてみる。

「お前、えらく日焼けしてない？」

「竹を切るバイトをちょっとな」

「かぐや姫とか見つけたら教えて」

「もう見つけた。お前にはやらん」

そりゃ羨《うらや》ましいことで。でもかぐや姫って月に帰っちゃうけどいいのか？

「お前は焼けてないけど、ムダに筋肉質で引き締まってるな」

こちらの二の腕を箸で刺しながら指摘してくる。ムダとはなんだ、冬の友達だったんだぞ。

「ほっとけ」

「そんなに鍛えてどうすんの？」

「……筋肉と相談中だ」

出された水をすすりながら、額に指を押し当てる。気を抜くとすぐに唸《うな》って身体を捻り、店の中にもかかわらず変な姿勢で寝転んでしまいそうだ。距離を置けば冷静になれるかなと期待していたが、離れたせいで余計に気になってきた。俺が暢気《のんき》に飯を食っている間にアパートの部屋の一つでひっそりと死んでいたらどうしよう。その可能性がないとは限らないわけで。

なにしろ普段、俺が眠りこけている間にも世界のどこかでは絶え間なく人が死んでいる。

自分の目に映らない範囲もしっかりと世界はあって、動いている。

そうした流れが怖くもあるけど、同時に尊くもある。変な感覚だ。

「こーへーちゃんでよかったか？」

横で黙々とキャベツを噛んでいる男に話しかけると、即、否定された。

「よくねぇよ。お前が呼ぶのはよくねぇんだよ」

月寒公平《こうへい》（名前の漢字があっているか自信ない）が突っぱねてくる。しかし、珍しい名字だ。

そう言ったらお前もだろ、と月寒が返したことで大学内でも飯を食う仲になった。

もう一人、豊平《とよひら》というやつともつるんでいるのだがあいつは最近、彼女ができたらしくて付き合いが悪い。

「ま、名前なんてどうでもいいんだけどさ」

「じゃあ聞くな、そしてちゃん付けで呼ぶな気色悪いよぉぉおおん」

そこで肩を波打たせるように踊るお前も十分気持ち悪い。

店が騒がしいからまだある程度ごまかしきれているが、道を歩いているときにはやめて。

「まぁまぁ。……たとえばの話なんだが、お前、自殺しそうなやつがいたら助ける？」

月寒が踊るのを止めて横目で見つめてくる。それから、呆《あき》れたように溜息。

「あのなぁ、重い相談をする相手かちゃんと考えて選べよ」

俺だって他にいるなら口にネギの端がくっついているやつに聞きたくはない。

「重くない。もしもの話だよ」

「もしも、ねぇ。脳天気なお前がもしもでそんなこと思いつくのかね」

アホの割に時々鋭い月寒が嘘《うそ》を見破りそうになる。少し目を泳がせて、それから言う。

「そりゃまぁ、助けるんじゃない？　無理しない範囲、だろうけど」

「お前の普通ってどれくらいまでなんだ？」

「んー、川で溺《おぼ》れているやつを一人で助けに行くとか、そこまで危険を冒す気はないけど。もし俺が偶然どっか高いところにいて自殺しようとしているやつも一緒にいたら、ちょっと待ったー、って呼び止めるぐらいはするかな。相手がヤケになって刃物とか振り回すようなら、はいさようならーと見送る。まぁつまり、自分が傷つかない程度にってところ」

話しながら、最後のから揚げをもしゃもしゃと囓る。そんな月寒の答えは平均的なのだろう。お人好しでもなく、不幸を望むほど性悪でもなく。俺も似たような価値観に落ち着くのだろうけど、今回は少し特殊なのだ。自殺しようとするやつも、俺も高いところにいるのは間違いないが、どこにいるのか分からない。旅行で熊本に行ったとき、カルデラのサービスエリアに到着したときは朝方だったこともあってか霧に包まれて、三十センチ先すら見えなかった。

あれを思い出す状況だ。闇雲に動くのは自分に害を及ぼすだけな気もする。

アパートの他の住人に相談しようにも、情報の出所を問われると問題になるし。

最悪、アパート内で窃盗《せっとう》を働いたと疑われかねない。

「……いや待てよ」

あの遺書（仮）をゴミ箱に捨てるということは、自殺を諦めたということではないだろうか。それとも詩的すぎて書き直そうと思った？　どっちだ。答えは推理じゃ見つからない。

考えている間に注文したものが出てきた。パパッと食べて、早めに部屋に戻ろう。

熱々のから揚げを囓る。かかった甘辛いソースが歯に染みるようで、くぅぅと唸る。

こんなに美味いものが食べられる世の中なのに、なんで死にたがるのかねぇ。

あの店で雑念を持って食事してはならない。分かってはいたことなのに、愚行を繰り返す。

重い腹を抱えるようにしながらアパートへ戻ると、女子中学生がいた。扉の前に屈んで、脇に置かれたプランターの手入れをしていた。趣味なのか、申し訳程度の規模ながらミニトマトの栽培を行っている。去年に一度、盗み食いしてみたことがあるのだがその青臭さといがらっぽさに噎《む》せた。ちなみに後日、摘み食いしたことがバレて怒られた。誰だ密告したやつは。

それはさておき、真っ白な肌の女子中学生が制服姿で屈み、深緑を手入れしている様は絵になる。晴天の下ではなく、日の沈みゆく最中であることもまた独特の色彩で目を楽しませてくれる。僅《わず》かに茶色を含む髪が日陰と共に揺れるのを眺めていると、涼風を鼻の先に感じた。

女子中学生に発情するような癖は持ち合わせていないが、しかし前屈みなことでわずかに覗ける、浮き上がった鎖骨には自然と目が惹《ひ》きつけられてしまう。

……いやいやいや。

視線を感じてか、女子中学生が顔をあげる。俯《うつむ》いたときに透けて見えていた陰鬱《いんうつ》さを払拭《ふっしょく》して、小さく頭を下げてきた。「やぁやぁ」と二度目の挨拶を交わしながら、まだ制服姿であることに気づく。向こうは俺がなぜかゴミ箱を抱えていることに怪訝な顔をしていたが。

まぁお互い色々事情があるということにしておこう。それより部屋に戻ったら、過酷な難題と向き合わなければいけない。腹いっぱいになって頭に満足に血が巡っていないというのに、難問を俺に任せるな。いっそのこと腹で解決するぞ。……少し休憩した方がよさそうだな。

でも休憩している間に死んじゃったらどうしよう。やだねぇ、自殺のスケジュールが分からないと。……あ、そうだ。一応、この女子中学生も容疑者（？）の一人だ。

試してみるか。

「いやぁしかしあれだね、夕陽が沈むって、蒼天の沈む日っていうかね、ははは」

かなり強引にあのフレーズを使ってみる。これで大きい動揺を示せば犯人（？）確定なのだが、女子中学生の反応は微妙なものだった。「は、ぇぇ、は？」と、ある意味で動揺はしているのだが困惑の方が大きいようだった。そりゃなぁ、意味分からんよな。

詩の一人称が私だから、女の書いたものではないかという安直な推測は外れだろうか。

いらない恥をかいただけだった。これ以上、傷が深くなる前に退散しようとする。

「神さん、あの！」

「んー？」

ドアノブを摑んだところで呼び止められる。なんだかデジャビュ。

女子中学生は先程の流れを踏襲するように、またも言い淀《よど》む。

「ぱ、」

また『ぱ』か。完全にさっきの続きらしい。女子中学生が言い渋る、ぱのつくもの。

そりゃあパンツしかないだろうハハハ「下着とか、好きな人、えと、知り合いにいません、か？」

「ぶぶぶぇい」

　ここまで激しく動揺を表立たせたことが、かつてあっただろうか。

　笑おうと開いた口もとと舌に極太の針を突き刺されたような不意打ちと衝撃だった。地球より速く俺の目玉が回る。景色が右へ右へとかっとび、足もとがぐらつく。後ずさろうとするも肘《ひじ》が扉に当たって逃げる機会を失う。女子中学生は、俯いてスカートの端を握りしめている。

　全体的にぷるぷるしている。水菓子が皿の上で震えているみたいだった。

　下着が好きな人だと。

　俺だ。……いや、嫌いなやつっているのか？　通販で買い漁っているとか、そういう極まった偏愛ぶりを見せているわけではないけど、でも女子の下着が嫌いな男子はまずいません。

　しかしそれを可憐《かれん》な女子中学生に、面と向かって告げられるやつもそうそういまい。

「好きっていうか、あの、買ってくれる人とか、」

「……おま、まままま」

　開いた口が塞がらない。そろそろ泡とか噴きそうだ。目玉が逆上がりしているんじゃないかというほど点滅を繰り返し、暗転と発光が切り替わる。ただでさえ悩んでいるところにこれである。血が腹から頭へ行ったり来たりを繰り返して、引く際に意識が遠のきそうになる。

女子中学生は顔が真っ赤になっている。日陰でもはっきりと伝わるぐらいの赤さだ、ミニトマトに負けていない。多分、俺も同じくらいに頬が紅潮している。伝わる熱で判断できる。

恥じらいを持っているのは喜ばしいが、いやしかし、なに？　なんなの？

というかそんな知り合い、普通にいるはずがない。

「やっぱり、いいです。忘れてください」

この娘はどんな無茶を俺に課しているのか。頭にゴミ箱をかぶって中身を全部吐き捨てても忘れられるものか。返事に困っている間に、赤面した女子中学生の方が先に逃げ出した。自分の部屋に戻って、中から鍵をかける音まで聞こえた。

「ちょ、ちょまま」

呼び止めてどうする、と伸ばそうとした手もしぼむ。そのままやり場のない右手がふらふらとさまよい、最後は額を押さえる形で落ち着いた。どくどくと、脈の加速を感じる。

「ぱんつ……パンツってなによ」

脳が縮こまるように痛い。頭から透明な血でも流れ出しているようだった。あぁパンツじゃなくて下着？　細かいことはいいんだよ、大事なのはパンツ買ってくださいだ。

お前、なに言っちゃってんの。

「話は聞かせてもらったぞ」

俺と女子中学生の立ち位置の丁度中間にある部屋から、西園が飛び出してきた。

こいつ、扉に耳でもくっつけていたのか？　顔の右側に赤い跡が残っている。

「聞いてんじゃないよ」

「最近の中学生の乱れは嘆かわしいな」

扉を外から押してお引き取り願おうとしたが、西園は扉と壁に身体を挟まれたまま平然と話しかけてくる。ここで『ドジャアア〜ン』とか言っても消えたりはしてくれないだろうなぁ。

作家志望とか夢見がちな男が俺を舐《な》め回すように見つめてくる。作務衣に下駄《げた》履《ば》き、身長控えめ。スポーツ刈《が》りの頭には手ぬぐいを巻いている。この男は履き慣れない下駄のせいで足を滑《すべ》らせて派手に転倒し、自動車のタイヤに前髪を轢《ひ》かれるということが以前にあったのに懲《こ》りていないようだ。ちなみにその後、『俺にはまだなすべきことがあるから死ななかった。俺にはまだ意味がある、そういう運命がある』などと目を回しながら強がっていた。

そんな重要な使命を帯びているなら、そもそも危険な目に遭うはずがないだろう。

「そして大学生の倫理観の欠如にも呆れる。まさか隣人から下着の売買を持ちかけられるとは」

「それ、俺が悪いのか？　明らかに一方的だったぞ」

「詳しく聞いてないからぼくしらんもんねー」

嘘つけ、全部聞いていたくせに。すっとぼけた西園が半笑いを浮かべる。

「しかしお前、下着愛好家が仲間にいるやつに見られていたんだな」

「……あーそれ、一番きっついわ」

ずどんと、ただでさえ重い胃にきた。

「そ、そういうわけじゃないです！」

女子中学生の声だった。西園と共にそちらを向くと、扉が僅かに開いて、隙間《すきま》から女子中学生の顔が出ていた。目があうとすぐに引っ込んで、また鍵をかけてしまう。

「そういうのではないらしいぞ、良かったな」

「じゃあどういうのなんだろう」

「顔が広いとみられたか、知り合いの中では信用がおけると思われたか。もしくはあの中学生が目に映る男なら誰でもよかったと考えるビッチなのか。大人しそうな顔の割に節操がない淫売《いんばい》なのかもしれん。人は見かけによらないな、固定客は何人キープしているんだろう」

「違います！」

抗議の声が聞こえた。まだ聞き耳を立てていたのか。しかし西園、怖いもの知らずだな。

「お前、聞いていると分かってよくそこまで言えるな」

しかもあの中学生のお母様を含めると、存外洒落《しゃれ》になっていない。売れって笑顔で強要しそうだもの。

「別に嫌われても平気だからな。制服着ているようなガキに興味などない」

などと言っている西園が鼻をする。見ると顔の横だけでなく鼻も荒れたように真っ赤だ。

「なんだお前。泣き伏せていたとかじゃないだろうな」

「あぁこれか。アレルギーらしい。ハウスダストが云々《うんぬん》と言われた」

鼻を擦って西園が言う。「それよりもだ」と首を巡らせて、女子中学生の部屋に目を向ける。

「大方、事情があって金に困っているのだろう。人助けに買ってやったらどうだ」

西園の歯が光り、男前に微笑《ほほえ》む。

「あのなぁ……買ったらこのアパートではパンツマンとしか呼ばれなくなるだろ」

「いーじゃん」

「じゃ、お前買ってやれよ。中学生に興味なくても人助けはしたいだろ」

「いいやまったく。大体、お前が金を出して下着を買うことが愉快なのであって、自分が買ったところで面白くもなんともないじゃないか」

「それのなにが面白い」

「ぺーぽーぺーぽー」とかサイレンを真似しながら両手を揃えて前に出してくる。

「え、買ったら捕まるの？」

「そりゃあ悪いことだろう」

「下着を買うだけだぞ？　男が通販で女物の下着買ったら捕まるのか？」

「買った先が問題じゃないのか」

「中学生の下着ってところ？」

「そうそれ」

「ならば女子中学生にして伝説的な下着職人が個人的に作製した下着を買い取った場合、それまで罪になるのか？　穿《は》いたのを売るのがダメだと言っても、穿き心地をテストする必要があるのならそれは職人作業の工程だ、やむを得まい」

「それは間違いなく無罪だな。なんだ、じゃあ問題ないのか」

「うむ」

飛躍と暴論の風が吹き荒れたのに納得するあたり、俺たちの本質のいい加減さを垣間見る。

「職人が作る下着ってどんなやつなんだ？」

「そりゃあ、あれだ。まず生地を一ヶ月ぐらい寝かせるんじゃね？」

馬鹿話《ばかばなし》が完全に脱線しかけたところで、どんどんと自己主張の強い音が聞こえた。女子中学生が扉を叩いた音だ。『忘れてって言ったじゃないですか』と恨み節が籠もっているように錯覚する、激しい音色だ。俺と西園も思わず黙る。が、西園の口はすぐに軽く動く。

「場所を変えて話すか？」

「しないよ。こんなことしている暇はないというのを思い出した」

「あ、そう。じゃあ、また後でな」

西園が鼻をすってからさっさと引っ込む。できれば表から鍵をかけてやりたい。

なんだったんだ、こいつは。部屋に籠もって大人しく文学やっていろ。

西園の駄文、小説の下書き？　みたいなものも時々ゴミ箱に流れ着く。読んでみたことはあるが、未来から人型のニワトリ男がやってきて、少年と共にご先祖様のニワトリを飼育するという話はどの層を狙っているのか問い詰めたくなった。児童文学系？　なのか？

後でな、と勝手に約束されてしまったが……まぁいいか。

しかし西園との時間は、実にまったくのムダだった。と言いたいのだが、そうでもない。

俺と女子中学生の話をすべて聞いていて、蒼天の沈む日に心当たりがあるなら反応するはず。

西園も違う、と。文学系だから案外アリか、という予想は虚《むな》しく潰《つい》えた。となると残るのは二階の髪切り男と、ワカメ男と愛想のない女。……あ、大家さんもいたか。

でも大家さんは違う気がする。ポエムの筆跡とあの人の草書体は相容れない印象だ。

素敵ポエムはワープロソフトで打たれたものと手書きが入り交じっている。そのときの気分や都合で決めているのだろうか。手書きポエムの筆跡鑑定でもできればいいのだが、そのためにはアパート住人と親しくなり、部屋へ案内してもらい、さりげなく確認する必要がある。

そんな悠長なことをしている余裕はない。飛びかかってきた蚊を手で払いながら、壁に背をつけて考える。一部屋ずつ回って世間話を交えつつ、あのポエムワードを呟《つぶや》けというのか……難題ではあるが、しかし比内の部屋ぐらいは訪ねて、反応を窺《うかが》ってみるのも悪くはない。

女子中学生が候補から外れるなら必然、一番怪しいのはあの女だからな。

愛想の欠片《かけら》もない女で乙女ティックポエムなどと一見結びつかないように感じるが、人間の表面などタンパク質的なアレにすぎない。一階奥の女子中学生だって生真面目そうな顔なのにパンツ買ってくださいだぞ。世も末だ。これからあの中学生の顔を見る度に思い出すことだろう。

蔦《つた》と赤錆《あかさび》の見え隠れする外付けの階段で二階に上がって、右端の部屋の扉をノックする。反応はない。不在だろうか、と思ったが物音が聞こえたので扉に耳をひっつけてみる。すると中で人の動く音が伝わってくる。寝転んで足をばたばたさせている……のか？　時々二階からうるさいのが聞こえてくるのはこれが正体か。あと、鼻歌っぽいものも掠《かす》れてはいるが……。

「あ……」

丁度二階に上がってきていた髪切り男が胡散臭《うさんくさ》そうに見つめてきたので、慌てて扉から離れて欄干《らんかん》に寄りかかる。開き直って先制攻撃とばかりに「ちぃーす」と挨拶すると、端整な顔の髪切り男が「どうも」とお上品に頭を下げてきた。目もとは変わらず疑心に満ちていたが。

髪切り男が部屋に戻るまで、お互いに奇妙な間を取るように見つめ合っていた。それと気づいたが外付けのファンが回っているので、髪切り男の部屋にはエアコンがあるようだ。なんと羨ましい。このアパートでそんな贅沢《ぜいたく》をしているのは、他に大家さんぐらいしかいない。

それにしてもマズイ場面を見られたことに気が滅入る。額を掻きながら、「こりゃマズイ。そういうのじゃないんだよなぁ」と言い訳する。当然、誰も聞いていない。でもよろしくない。傍から見れば美人のオネーチャンにすり寄ろうとする変態だ。男前の髪切り男が妙な正義感を発揮して大家さんとか比内に報告したら、俺は一躍変態だ。先程の下着の一件と酷い誤解に基づいて絡み、何倍にも膨《ふく》れ上がったえん罪が俺を苛《さいな》む可能性は十分にある。頼むよ髪切り男。

欄干に身体を載せて、向かいのコンビニの青白い外装を眺めながら物思いに耽《ふけ》る。

「んー……」

変態問題については、まぁ、棚に上げてだな。

比内は、ノックしても反応しないということは居留守か、それとも耳が塞がっているのか。

もっと大きな音を立てないと聞こえないだろうか。

まぁ、難しいこと考えないで確実にあぶり出す方法はあるんだけど。

だけどこれは、俺自身も傷を負うことになる。

だからできればやりたくなかったのだが、人命がかかっているかもしれないという状況で、そうも言っていられないか。それに日々の退屈を紛《まぎ》らせてくれたのはこの素敵ポエムなわけで、作者にはそろそろ恩返しの一つもしなくてはいけないだろう。なんという大きなお世話。

うわぁ俺っていいやつ。

多分、月寒より無謀の範囲が広いのだろう。頭おっぺけぺーだから。

「比内さーん？」

一応、最後にもう一度ノックして呼んでみる。出てこない。

「お届け物でーす」

偽ってみたが、反応なし。こっちも逃げ道はなさそうだった。

まずは後生大事に抱えていないでゴミ箱を部屋に戻すことにした。そうか、俺はまだゴミ箱を持っていたんだ。怪しさが五割増しで増量中だ。それもこれもあのポエムが悪い。

神のゴミ箱は俺の部屋に置いていないと効果を発揮しない。その点は実証済みで、そうなると部屋自体にも不思議な力があるのではと検証してみたが、大掃除しても出てくるものは床に挟まった小銭ぐらいだった。

ゴミ箱を戻してから、どっちのポエムにするかと迷う。自殺を示唆《しさ》する内容を読み上げるのは背中を後押しする形になってマズイか、と最初に来た方を選ぶことにした。

ルーズリーフを握りしめて、再び外に出る。部屋の扉を乱暴に閉じてから、階段を駆け上がる。比内の部屋の前に仁王立ちして、賞状でも授与するように仰々しくポエムを構える。

ちょっと前にも思ったが、俺には失うものなどなにもない。

堕落し、原点より更に下へ落ちていくことはあっても、そのときに落とし物の心配は不要だ。

だからこそ、頭のネジが外れたような選択も厭《いと》わない。

元よりすっかすかの身だ。その隙間に潜り込んでいた女も今はいない。そのがら空きの胸が焦燥《しょうそう》と緊張で鼓動を速めていくのを、服の上から撫《な》でつけて落ち着かせる。

人前で大声を出すなんて、運動会の応援以来じゃないか？

そのイメージに延長線を引きながら、諸刃の剣を握りしめて、俺は叫ぶ。

「蒼天の沈む日！」

大声で、アパート全体どころか歩道を歩く方々、隣のマンションにまで響き渡るように。

喉ではなく、鍛え上げた腹筋が咆哮《ほうこう》していた。

下で西園が真っ先に出てきたのを気配と音の方角で感じたが、やつは単なる野次馬なので無視する。勢いに任せて、次！

「夏の日は針！　傷跡からあの日の血を見つけてしまう！　優しくない！　大切じゃない！　忘れたい！　愛したい！　乾いた嘘が血に濡れる度！　ひび割れていく！」

鍛え抜いた臍下《せいか》丹田《たんでん》に力を入れて演説みたいにポエムを詠《よ》む。まったくもって詩的ではない。こんなむさ苦しい男がぼそぼそ読み上げても気味悪いだけだが。とにかく応援団気分で、後々に喉にくるものなど懸念せず、力の限りに叫んだ。「バカだ！　バカがいる！」「いかがなされた！」「夏の魔物が出たぞー！」外野がうるさいが、これ全部西園である。真夏なのによくあれだけはしゃげるな。二階の髪切り男も、一階の女子中学生も不安げに外を窺ってくるばかりでヤジや文句は飛ばしてこない。こいつらは違う。反応が優しすぎる。もっと、もっと激しく！

そして俺の全力投球に応えて、目の前の扉がけたたましく開き、女が飛び出してきた。

耳に巨大なヘッドフォンを装着していて、いやぁなるほどねぇと色々納得する。音楽機器から抜けたコードが背後に、ネズミの尻尾《しっぽ》のようにぶら下がっていた。

著しい反応から、そいつが本命だと悟る。ぎろぎろと目が動き、正面の俺を強く捉える。その形相が必死すぎる。本人の名誉のために克明な描写は割愛するが、女の子がしていい顔ではない。口から怪光線でも吐きそうになっているぞ。

やっぱり、女という予想は正しかった。比内がバネのように跳ねてこちらへ距離を詰める。そろそろ詠むのを止めていいなと、ルーズリーフと手を正面から引っ込めた直後、そいつの細腕が狙い澄ましたように俺の喉を突いた。なんと正確な地獄突き。綺麗に決まりすぎて、目を白黒させた後にようやく痛みを感じるほどだった。その一撃で叫びを遮断した後は、目を見開いたままげんこつを何度も振り下ろしてくる。怖いよこの人。苦しがっている暇も与えてくれない。派手に噎せて涙目になりながら、手をかざして無慈悲なげんこつを受け止める。この女、髪を綺麗に分けているときは美人だが、暴れてセットが崩れて前髪を無造作に下ろしているとおどろおどろしい。とても遺書ポエムを書いたとは思えないバイタルを見せつけてきたが計二十発前後殴ったところで、女の息が先に切れた。

鼻の下を伸ばして面長《おもなが》の顔つきになりながら、下唇を噛んでいる。犬歯を唇の間に覗かせながら、ぜひゅー、ぜひゅーと激しく呼吸している。これ、俺じゃなくて比内ね。獰猛《どうもう》な犬の形相となっている。威嚇《いかく》とお預け、どちらにも取れるがどっちにしても最後は噛みちぎってきそうだった。「ど、どぅどぅ」いさめようと呟くと、それに呼応して比内が動いた。

俺の肩を掴み、「っづぇ！」骨の下に指を入れてきた。しかもそのまま引っ張って、比内の部屋へと引きずり込まれる。二人で玄関にぶっ倒れて、跳ねるように俺が先に流し場の前へ上がってしまう。比内は転倒したまま足をあげて、器用にドアノブを手で掴んで扉を閉じた。クソ暑いのでできれば開けっ放しにしてほしい。周りからのお寒い視線で心を冷やしたい。

二人して玄関にへたり込む。吐息の乱れと汗が止まらない。乾いた鼻の上を脂汗《あぶらあせ》がうごめくように滲《にじ》んでは床に垂れる。「きたない、」と、それを見た比内が咎《とが》めるように呟く。

しかしその比内も汗だくな上に満身創痍《そうい》で、壁に張りつくようにへばったまま動けない。顔もしかめっ面で、右手の指を気にしている素振りを見せる。どうやら最初の地獄突きで指を痛めたようだ。素人がそんなことするからである。こっちも喉が焼けるように痛く、声が出ない。

俺は喉を、比内は指を押さえながら、しばらく互いの吐息の荒さを味わう。

やがて先に回復したのは比内だった。扉を肘で打ちながら反動で起き上がり、ずかずかと近寄って「ぐぇ」躊躇《ちゅうちょ》なく脇腹を蹴《け》ってきた。ごてんごてんと部屋へ転がされる。

そのまま伸びていると何度でも蹴り潰されかねないので、歯を食いしばって起き上がる。尻《しり》で跳ねるように後ろへ飛んで壁際に逃げようとしたら、机の角に背中を強く打ちつけることとなってしまう。女子中学生から下着の話を持ちかけられた瞬間から、心身の休まる暇がない。

比内が俺の正面で屈む。腿《もも》の上に足を載せて、片膝《かたひざ》を立てた姿勢で俺を押さえてくる。閉めきった部屋の中で音が聞こえて横目で確かめると、扇風機が回っていた。比内が手を伸ばして扇風機の位置を調節する。自分にだけ風が来るように。それから、俺を睨む。

セミロングの茶髪に、気を遣っていないのか少々の日焼け。目は大きさが左右で異なり、左目の方が大きく見える。どうも右目だけきつく結んで、左目はまったくの無反応に落ち着いているようだ。どちらも睫毛《まつげ》は多く、女性的な印象を強める。

まぁそれも下ろして顔面に張りつく前髪のせいでほとんど台無しだが。

遠くで風鈴の鳴る音を聞いた気がした。

「あんた、下の階のやつよね」

「ぞう」

喉が開きづらいのか、声が濁る。一応、顔ぐらいは覚えていたようだ。

「色々と答えてもらうけど、まず、聞くわ」

いつでも喉を突けるように腕を構えながら、比内が問う。

「あんただったのね、変態野郎」

「なにも聞いてないじゃないか、あ、いえなんでもないです、はい」

比内の黄金の右（過剰表現）が素振りを始めたので、あげ足取りを中断する。

しかし、心外な。面と向かって人を変態と罵《のの》るとは。

「私の部屋に忍び込んだのでしょう？」

「なんでそうなる」

アパートの壁に蟬《せみ》の如くしがみついて二階に潜入を試みるやつは間違いなく変態だが、俺がいつそんな愚行に及んだ。ぐりぐりと膝が腿を苛《いじ》めてくるので顎をあげて呻《うめ》くと、比内の手がその顎を摑んできた。突き指でもしたのか、中指の付け根が早速腫《さっそくは》れてきている。

「ではあんたがなぜ、どこでどうあの詩を知ったというの。あの、詩を、人前で」

比内の腕と瞼《まぶた》が震えている。ゴミ箱に捨ててしまうような駄作を世に広められたのが創作者として辛いようだ。かなり語弊がある。

「えーとね」

証拠を掲示しようとしたら、比内がルーズリーフを奪い取ってきた。

「あ」

「あ、じゃない！」

ルーズリーフを握り潰しながら、比内が猛《たけ》る。肉食獣の如く尖《とが》った歯を見せつけながら。

「あんたが私の部屋に入って盗んだのじゃなけりゃあ、どうしてこれを持っているの」

「それは、だな」

こうなるからアパート住人に秘密を明かしたくなかった。正体は摩訶不思議だ、果たして信じてもらえるものか。……いや。起きている現象を逆に考えれば、きっと信じる。

奇跡は一方通行じゃない。

「ゴミ箱だ」

「……ゴミ箱が、どうかしたの」

比内が一瞬、息を呑んだことに気づく。心当たりを重苦しく感じている顔だった。

「あんた、この部屋にもゴミ箱……あぁあるね、ピンクのかわいいの。そいつにぽんとゴミを捨てる……で、だよ。その中身、いきなり消えたりするだろう？」

俺の指摘に比内が黙る。部屋のゴミ箱を振り返り、数秒硬直した後、再び俺に向く。

前髪を張りつかせていた汗が血の気や熱と共に引いていた。

「どういうこと？」

「どういうことって、そういうこと。ゴミ箱の中身が移動するのを知っている。あ、俺が部屋に勝手に入って盗んでいるわけじゃないぞ。分かるだろ、目の前で消えたりもしなかったか？」

好奇心を持っていれば、それぐらい確かめるだろう。

「なにか不思議に思わなかったのか？」

確認を取っていないが、起きたものとして、確信を持って問う。比内も動揺が激しいのか、聞かれると今までと異なり素直に語ってくれた。

「思うに決まっているじゃない。でもてっきり、あれは『消えた』のだと思っていた。消せるのだと、思っていたの」

「……あぁ、そういう」

そういう誤解もあり得るか。まさか下の階のゴミ箱に中身が移るとは想像しづらいか。

ゴミ出し不要の、奇跡のゴミ箱。そう解釈して……ひょっとして他の連中もそういう風に捉えているから、なんでもかんでも捨てているのか。俺はいつから、学校掃除のゴミ出し当番の立ち位置に納まっていたんだ。道理でこれは捨てないだろうというものまで届くと思った。

比内の、今にも喉笛を食い破りそうな歯が引っ込みかけているのを見て、ここが好機と動く。

「というわけで俺は無罪だな。さぁおうちに帰してくれ」

なにか目的を見失っている気もするが、帰宅を要求する。「おつかれさまー」とバイトでもあがるかのように比内の足の下から逃れようと試みたが、目を剝《む》いた比内に足を踏み潰される。

「めぎゃぁぁぁぁぁ」

「あんたの言い分が正しいという証明が、どこにあるの」

そう言って、比内が机の上から咄嗟《とっさ》に摑んだものはテレビのリモコンだった。それを俺の喉もとに突きつけた後、比内も目を疑うように二度見した。

「あ、今冷静になったな。なったよな。よし落ち着いて話し合おう」

「うるさい。あんたは私の質問に答えればいいの」

リモコンは怖くないが、この女は怖い。赤外線の代わりに呪詛《じゅそ》を飛ばしてきそうだ。

ここは小粋《こいき》な冗談で場を和ませなければ、俺に明日はない。のか？

「そ、そういえばさぁ」

「はぁ？」

「この間、たまたま寄った大戸屋《おおとや》がいっぱいでさ、順番待ちしていたわけ。そういうときって名前を書いて待つじゃん。で、俺は名字が神だからさ、神って書いたわけ。

そうしたら店員さん、かみさまって呼んじゃったわけ。俺はどれだけ尊大なやつと思われちゃったかな、あー恥ずかしい」

「……で？」

「渾身《こんしん》の笑い話」

ちなみに創作だ。普通、ああいうのってカタカナで記入するし。

比内の表情は砂粒一つの大きさの変化もない。冗談が分からないとは、さもしいやつだ。

「あんたの顔と同じくらいに面白くない」

「面白い顔って褒め言葉なのかね」

「面白くないと言っている！」

本当に冗談の通じないやつだ。回り道というものがよほど嫌いなのだろう。

「あんたなに？　ゴミ箱と、大声で人の詩を読むことがどう繋《つな》がってるの、頭おかしいから」

「ノックしても出なかったし」

「出るまでやればいいじゃない」

「一刻を争うと思ったからだ！」

鼻歌聞こえたけど。

「てっきり自殺の、首つりとかの準備中とかと思って」

「じさつ？」

比内の眉根《まゆね》が寄る。ただでさえ威圧的なところに、更に険しさが増す。

「なんの話？」

「なんのって、お前が送った別のポエムが、」

そこまで話したところで、比内の顔色が変わる。なにかに遅れて気づいて愕然《がくぜん》としたように。

「あんた、一体どれだけ私のぽえ、詩を読んだの」

「え、全部目を通して保管……あ、あぁ、保安、本官がね……えっと」

余分なことまで、つい言ってしまった。保管はまずいだろう、保管は。

比内も露骨に反応して、カタカタし始めてしまった。電源を入れた直後の古いエアコンみたいな、小刻みな振動を繰り返している。ロボットの真似という使い古された一発芸に似ていた。

ここは的確にフォローを入れて、落ち着かせないと。

こういうときは、一読者として思いの丈をぶつければいいのだ。

「俺としては、赤イ雨ノ夢が好きだったかな……ははは」

声には出してみたが、俺も比内もまったく笑っていない。

そういえば発端は、こいつが自殺をほのめかす文章を書いたからだった。

まずい。なにか非常に、いけない方向に進んでいる気がする。こう、背中を押しかねない。

「大丈夫だよ。俺、犬ぐらいしか友達いないから。ちなみに犬に聞かせても絶賛していた」

せいいっぱい取り繕《つくろ》ってみた。むしろ俺が犬だとか言うべきだったたか。

さっき大声で熱唱したことを棚に上げて、手をゆるゆる横に振る。比内の目がそれにあわせて左右に泳ぐ。

それから緩《ゆる》やかに振り返り、腕をしっかり振って走り、窓枠に手をかけて「待ってください！」動揺しすぎてなぜか丁寧語で叫んでしまう。俺の制止も無視して飛び降りようとする比内を無我夢中で追いかける。最後は足を滑らせて前屈みに飛んで、危《あや》うく窓際の壁に前歯をぶつけそうになりながら比内の手を摑む。そのとき、比内は既に窓の外に身を投げ出していたつまり、

「ぬぎぃいいいいいいいいい！」痛い！　超、超、痛い！　肘が伸びる！　ぶちっと伸びる！

右腕を人間一人分の体重に引っ張られて絶叫する。半ば無意識に左腕も突き出して支えとしたことで、ようやく激痛が和らぐ。といっても右肘の焼けるような痛みは治まらない。

腕を摑まれている比内の足がぷらんぷらんと揺れているのが見える。マジで浮いているのか、マジで摑んでいるのか。両手とはいえよく耐えられていると思う。縁の下の筋肉とはまさにこのこと。どのことだ。造語に支えられながら、眉毛を燃やすかの如く顔面が張り詰めていく。

「んがぁぁぁぁ、予想より重い！　五分で落ちる！」

「離しなさい！　あんたの部屋に火をつけに行くだけよ！」

絶対に離せなくなった。他人様の部屋へ放火に行くために最短の道を選んで飛び降りるとか、この女は間違いなく頭がおかしい。触れてはいけないもの、アンタッチャブルだった。辱《はずかし》めのあまりに飛び降り自殺を図ったとか、そんな後ろ向きな発想とは無縁らしい。

それとこいつはいつまでリモコンを握りしめているんだ。「一時停止、ピッ！」「うるせぇ！」リモコン操作を試みるな。上を向くことで比内の前髪が左右へと流れる。

こんな状況だが、また美人に戻ったと感じて一瞬、暑さを忘れそうになる。

騒ぎを聞きつけて、西園が元気いっぱいに走ってきた。ついでにその後ろには、いつの間に帰ってきたのか女子中学生のママンまで控えている。見下ろして、相変わらずの肩幅に安心する。子持ちということには納得できるが、あの女子中学生を産んだということにはどうにも首を捻りたくなる体格差だ。見るといつも連想するのだが、体型がポル○ガに似ている。顔も。

好奇心で動く二人組の晴れ晴れとした表情が心憎い。どうしてこんな展開となっているのか理解できないだろうに、よく面白がれるな。西園など野次だか悪口だかをガンガンに飛ばしてくる。当事者である俺からしても理解できず、悪夢のようだった。それでも俺はこの女の手を離さない。俺の部屋ごと燃やされてしまう気がするから。大した高さでもないので飛び降りたところで死なない以上、本当に崖《がけ》っぷちに立たされているのは俺の方だった。

「いいか助けるぞ、大人しく上がってこい」

「嫌よ」

「こっちだって嫌だ！」

足を窓際に載せて、軸にしながら引っ張り上げようとすると、比内が暴れてくる。足や身体を激しく揺さぶってきた。「一時停止、ピッ！」リモコンのボタンを押しまくりながら騒いで死ぬほどうるさい。やかましいぞこのアマ、と叫びたくなったがきつく結んだ唇を開くと、ごぼりと空気の塊《かたまり》が吐き出されてしまい、肺が緩むような錯覚を受ける。

全身を緊張と焦燥でぎゅうぎゅう詰めにしてやっと支えているのに、一カ所が緩むことで各部の連結に隙間が生まれてしまう。その緩みに応じて脱力し、身体が窓の外へ引きずられそうになる。いきなりずるりと落下したことで、ビックリしたのか比内の顔色が変わった。

「ちょっと！　危ない！」

手を離してほしいんじゃなかったのか。落ちたい人↓落ちそうな人と立場を気安く変える女だ。窓枠が腹に突き刺さって猛烈に痛むし、飯食った直後にこれだから吐きそうだし、このまま落としてもいいかなぁと一瞬、弱気になるが逆に今度は比内に手首を握り潰されて、離れてくれない状態となっていた。ゲロ吐きそうと言ったら離してくれるだろうか。

比内が遠慮なく引っ張ることで、肩と肘が悲鳴を上げている。下の野次馬の罵倒《ばとう》にも似た声援が眉毛の上を這うように鬱陶《うっとう》しい。この姿勢から復帰するのは相当難しく、見てないで助けに来いよと言いたくもなる。なんでこんな放火予告をする女を一人で支えないといけないんだ。

……しかし。

しかしだ、と誰かが前置く。

いくら気性の危ない女とはいえ、絶体絶命（の予定）の女性を救うために手を差し伸べているのは事実。滅多に訪れないシチュエーションであることも、男子たるもの英雄願望に基づいて想像してしまう場面であることも、事実。それに居合わせているというのなら、だぞ。

『鍛えてどうすんの？』と友人に問われて肩身の狭かった筋肉たちよ。

今こそ、格好をつけるときではないか。

ヒーローになるときではないか、とささやく。主に肉が。

なにしろ、前年度の俺がちゃんとした時間を過ごした、と誇れるものはこれぐらいしかない。自分を鍛えた、という安易な充足感のために選んだそれに、今、一つの成果を見せるべきだ。

でなければ、彼女と別れて腑抜《ふぬ》けました、という情けないやつになってしまう。

なってたまるか！　俺は、あの女が、大嫌いなんだ！

「んなろぉおおお、おおおお、おぉおおおりゃいやあああおぉおおおお！」

鬱屈《うっくつ》としたものをすべて払い飛ばすように、要領を得ないまま吠《ほ》えた。その咆哮が肉体の覚醒を促《うなが》す、という強いイメージを持ったうえで、とにかく叫び続ける。

壁に膝を強く押しつけながら姿勢を戻し、背筋を伸ばしながら比内の腕を強く摑む。

さん、にぃ、いち！

きん、きん、肉肉！

「ふぁいとぉおおおお、いっぱぁっぁぁぁ、げ、っへぇ、ぐ、べっほほっほ！」

盛大に溜《た》めて叫ぼうとしたが、途中で噎せた。タウリンが足りなかったようだ。激しく咳《せ》き込みながらも、強引に比内を吊《つ》り上げる。最後は右腕一本で無理に持ち上げて、肩の削れるような痛みに悶えた。

吊り上がった比内と一緒に、床の上で喚《わめ》く。右腕を自重で引っ張られ続けた比内も相応にダメージを負ったらしく、額を擦りつける土下座のような姿勢でうーうー言っている。自分も、比内の声もすすり泣くような調子だった。隣人からすれば怪談めいているかもしれない。

肩を押さえながら、またも先に起き上がったのは比内だった。俺の方が筋肉あるはずなのに。

越冬して春の陽気に浮かれている間に、衰退期でも迎えてしまったのだろうか。

「泥棒？　ストーカー？　はとことん邪魔してくれる」

比内が恨めしそうに呟く。とはいえ窓の外で肝を冷やしてきたのか、先程よりは落ち着いている。あとは消えかかった火に油を注がなければ、話し合いに持ち込めるかもしれない。

もう半分、どうでもいいのだが。

「悪人だって良いことをするときぐらいあるさ……どっちも違うけど」

何度説明しても分かってくれないな。彼女もそうだった、一度決めつけてしまうとまったく聞く耳を持ってくれないのだ。建設的な話し合いをしようとして、土台を置いてもそれを目につくものから壊してまわるのが女だ、と西園が以前にぼやいていたのを思い出す。

「あんたのせいで危うく死ぬところだったじゃない」

「死ぬかよこんな高さで。というか、死にたいんじゃなかったのか」

「だから誰が自殺するなんて言ったの！」

比内の消えかかった火が激しく燃え盛るのを見た。この暑いのに、とこちらもそれについ乗ってしまうように胃の底が熱くなってくる。喉も少し回復したのが、不幸といえた。

「だったら！　あんな紛らわしいもの書くな！　読むなとかそういうの禁止な！」

「だから！　なぜ、あんたが知っているの！」

「ゴミ箱パワーだと説明しただろうが！」

俺の話を聞け！　という意味を込めて比内に怒鳴る。比内の右目だけが吊り上がり、俺の腿をつねってくる。それがまた痛くて、このアマと頬肉をつねり返す。頬を引っ張られた比内がつねる先を俺の頬へと変えて、二人で本格的に引っ張り合いに突入する。なにをやっているんだという疑問など頬の痛みの前に霧散し、この野郎、ええいこの野郎とお互いに罵りを込めて頬を引っ張り続ける。そうこうしていると鍵をかけ忘れていたためか、入り口から髪切り男とワカメ男がこっそりと覗いてきて、その視線を感じる。晒し者、という言葉が浮かんで羞恥もしっかりと感じるのだが、この引っ張り合いに負けるのはどうにも我慢ならなかった。

暑苦しい部屋の中で、明後日《あさって》に風を送り続ける扇風機の音色が、虚しくも優しい。

そんな、夏の不毛な一日だった。


「あ、ポエムマン」

「こんにちはポエムマンさん」

「やかましい、お前らの部屋の前でも朗読するぞ」

比較的話す、女子中学生のママンや西園から、顔を合わす度にこんな呼び方でからかわれる。

やられた。事態を甘くみていた。

あの女、俺が目的意識なく寝転んでいた三日の間にこんな工作を施していたとは。比内の部屋の前で読み上げたポエムは、いつの間にか俺の作品ということにされていた。思いあまって、つい彼女の部屋の前で朗読してしまったという具合だ。しかもどさくさ紛れに扉に頬ずりしていたなどという噂《うわさ》まで流布される始末。あの髪切り男が一枚噛んでいるのは語るまでもない。早とちりによる、身から出たさびと割り切るには少し大きい傷だった。

女子中学生にも出会《でくわ》すと目を逸《そ》らされる始末。……まぁこれは別の問題かもしれない。

というわけで、くだらない騒動から三日が経《た》った。ようやく酷使した右腕も回復の兆しを見せる。喉は表も中身も潰れてしゃがれていたが、ようやっと声に違和感を覚えなくなった。

残る傷は他のアパート住人との軋轢《あつれき》ぐらいだ。大家さんからの印象も最悪となっただろう。

本当に得しなかったなぁと、部屋で寝転ぶ。酒も入らないままあれだけ騒いだのは、彼女が部屋から出て行って以来だ。あの後、比内が夜襲でもかけてくるかと警戒して久しぶりに部屋の鍵などかけてはみたが、特にそんなことはなかった。石が投げ込まれて窓がかち割られるような事態も起きない。ポエムすら届かない、退屈な三日間だった。

あの女が死んだという話は聞かないから、あのポエムは本当に自分に酔って書いてみただけらしい。確認を取ろうにも俺が『ポ』と発音した瞬間に地獄突きが飛んでくるだろうから、もう深く言及するのは諦めた。死ななけりゃあ、どうでもいい。

窓から見上げる夏の景色に変わりはない。浮かぶ雲の輪郭を溶かすような青色に染まった空と、微かな風に揺れる真っ黒い電線。風鈴も蝉も、それぞれが夏の在り方を支えるように遠くでさざめく。今更だけれど、今年も夏がやってきたのだなぁと、季節の移ろいを漠然と受け入れる。昔の彼女と暮らした去年の夏を思い返しながら、今年はなにが起きる？　と天井に問う。

応えるように、ゴミ箱にまたなにかがやってきた。なんだろうと背中で床を動いて、ゴミ箱を摑む。ゴミ箱を倒して中身をぶちまけながら、新規にやってきたそれを摘み上げて、ルーズリーフであることに気づく。背中に汗が急速に噴き出すのを感じながら恐る恐る、開いてみる。

「……なるほどねぇ」

別ポエムを引っ張り出し、字を見比べて、それが誰から送られてきたのかを確信する。

ちなみに内容はこうだ。

『早送り　ファミチキ買ってきて』

これで買ってきたら、比内にとって神のゴミ箱は真実となる。

しかし買って二階に行けば、立派な使い走りとなってしまう気もする。

なんとも困った二択だ。証明したら証拠隠滅のために放火されそうだし、嘘をつけば騒ぎの報復に火を放たれかねない。結局、比内が放火魔であることに変わりないし結果もほとんど変化がないじゃないか。更に困ったことに、見ていたら俺も食べたくなってきた。

「惜しいなぁ……向かいのコンビニがファ〇マだったらすぐ買いに行くのに」

あそこはロ〇ソンだもの。転がっている青いゴミ箱を起き上がらせてから、底を覗く。

安っぽい塗装を光が貫き、鈍い群青色が群れている。指ですくえば影の黒ずみごと奪い取ってしまえそうな気さえする。勿論試して、当然無理だった。

このゴミ箱は、俺の些細《ささい》な願いを叶える。

退屈を紛らわしたいと日々の重力にあえぐ俺に、ささやかなものをもたらす。

今回はそれがたまたま、少し大きいものとなってしまった。きっかけはいつもと変わらず、些細で。けれどそれに振り回された俺が大げさに飾り立てて、道化として喧《けん》伝《でん》する。

そんな物語は、もう少し続くのだろうか。

想像して俺の顔に浮かんだものが、選択の答えとなっているのだろう。

鏡で確認でもしてみようと、俺は立ち上がる。

『神』のゴミ箱がもたらした、物語の続きを見るために。

二章（前）

『女子中学生との援助交際において、彼の内宇宙に生じた律動』

ちょっと昔の話だが、もっと賑わっている駅の前で熱い自己主張をしていた男がいた。そいつはサンドイッチマンの如く正面と背中にそのメッセージを貼《は》りつけて、道行く人々に身振り手振りを交えて訴えかけていた。動きが大きすぎて邪魔で、いつ駅員を呼ばれてもおかしくないほど迷惑をかけているそいつの言い分に、足を止める酔狂なやつは誰もいなかった。

なにしろ真夏の猛暑日だ。皆、頭《こうべ》を垂れて鬱々《うつうつ》としながら歩いているところに人間マグマともいうべき熱量を誇る男の側に近寄りたくはない。俺も正面切ってお話を伺《うかが》う気にはなれなかったが、遠くからご高説を聞きかじるぐらいの興味はあった。俺はいつだって暇なのだ。

その男曰《いわ》く、『この世界は神のゴミ箱』だそうだ。神の創り上げた失敗作が破棄されて、行き着いた先がこの星らしい。どこでそんなご神託を受信してしまったのか定かじゃないが、思い込みと妄想《もうそう》で夏の暑さも振り切ってあれだけ叫べるのなら、人間って面白いよなぁとなんだか感心してしまった。病も気から、とは案外真実なのかもしれない。

　そいつの予言では一週間以内に世界が焼却されて終わるらしかった。

　それから二年以上が経つ。多分世界は終わっていないし、俺たちも死んでいない。

　だから今年の夏も、試験に四苦八苦する羽目となった。


　大学の前期試験も終わって、二度目の夏休み。盆の時期なので実家に帰るか、さてどうしようかと迷いながらアパートに戻ると、扉の前でヤンキー座りして待ち構えている比内を見たのでまずは逃げることにした。途中で振り向くと、当然のように追いかけてきていた。

　二人でアパートの敷地外まで走り、なぜ汗だくになって帰ってきたのにまた炎天下に戻らなければいけないのかとバカらしくなる。立ち止まってここは話でも聞いてみるかと振り返ると、前髪が顔面にびっちり張りつき、その奥で細めた右目が鋭く光る女が両腕を振り回すようにしながら、前傾姿勢で駆けてきていた。やっぱりもう少し逃げることにした。

　コンビニの前を走り抜けて、大学の入り口を通りすぎ、郵便局の向こうへと駆ける。

などとのたまってみるが実はこの建物、横並びなので実質の距離は二十メートルもない。大学の急勾配《きゅうこうばい》の坂を下りてきてようやく部屋で一息つけるというところだったのに、日の下を本気で走るなどあり得ない。体格や性別の差もある、適当に走っても追いつかれることはないだろう。

そう高をくくって怠惰《たいだ》に足を動かしていたが、振り向いたところでそれが誤りであると気づく。比内の挙動は明らかに本気だった。身体の上下が連動せず、ばらばらに動いているように見える奇妙な走り方でありながら、着実に距離を詰めて迫っている。なぜ仕草が一々ホラーじみているんだろう、この女。それだけ必死になっているということの表れかもしれなかった。

郵便局から少し離れたところで追いつかれて、背中にのしかかられるように体当たりされる。さりげなくか偶然か判別しづらいが、腰に膝蹴りを入れられた。多分わざとだと思う。

比内と一緒に膝に手を突いて、頭を垂れながら息を乱す。髪の奥から比内の左右非対称の瞳が俺を睨みつけている。右目が小さいというより、左目が大きく見えた。

「なんで逃げたの」

余計な苦労を、と恨み節の籠もった問いかけだった。

「お前が追いかけてきたから、つい」

「ああそう……」と汗を拭《ぬぐ》う動作の途中で動きが止まる。それから手と頭をぶんぶん横に振る。

「あんたが先に逃げたんじゃない」

順番がおかしいことに気づいたらしい。惜しい、もう少しで納得したのに。

「いやぁまた喉を潰されるかと思って」

コンビニの縁石に座り込んで昼飯を食べている田舎《いなか》のヤンキーみたいな姿勢の女が部屋の前に待ち構えていたら、普通の人は警戒するし逃げもする。

「で、なにか用？」

膝から手を離すのは比内の方が早かった。回復がやたら早いな、この女。

そして比内がなにかを要求するように手を突き出してくる。

「あなたへの用なんて一つしかない。返しなさい」

「返すって、なにを？」

「私のポエ、え、雑多なメモ書きよ」

比内の目が泳ぎ、途中で言い直す。ついでに頬が羞恥からか赤く色づく。

ははぁ、俺のポエムコレクションを返せとな。

「あれって捨てたものだし、返せというのも筋違い……あ、はい。返します」

比内の右手が人の喉を突く形になったので、素直に応じることにした。あまり応じないと部屋と俺ごと火の海に包んで隠滅しかねない。持っていてもしょうがないといえば、そうだし。

しかし若干悲しいのはゴミ箱の仕組みを知られた以上、新作ポエムを読むことは叶わないということだ。貴重な暇つぶしを一つ失って、得たのはポエムマンの蔑称《べっしょう》。やってられない。

「じゃあ戻るわよほら早く。まったく、ムダに、走らせて……」

比内が愚痴《ぐち》りながら来た道を引き返す。それはいいが、前へ進む度に「あつい」と左右によろめいている。一体どれくらい、あそこで待っていたのだろう。二階の通路が頭の上にあるとはいえ、多少の日影では夏を凌《しの》ぎきれないだろう。

「別に部屋の中で待っていてくれてよかったのに。扇風機ぐらいならあるぞ」

家捜しして荒らし回ったあげく、放火しなければ。

「はぁ？　あなたの部屋の鍵なんて持っていないわよ、私恋人とかじゃねーから」

比内が手を横に、大げさなほど振って否定する。俺も放火好きな彼女はほしくない。

「鍵なんか俺も持っていないよ」

「なにを言っているのあなたは」

「いつもかけていないってこと」

比内の横に並ぶ。そして並んで歩いていると、こっちも左右にふらつきそうになる。

「あなたって頭おかしいのね」

「そーね」

自分のことを棚に上げてよくも言う。あのアパートでまともなやつって誰なんだ。西園は論外、二階の二人はよく知らない、女子中学生は……どうなんだろう。下着販売の仲介をお願いされて以来、顔を合わせるだけで逃げてしまうようになった。まるで俺がなにかしたような雰囲気となってしまい、非常によろしくない。ポエムマンが下着マンへと昇華されかねない。

比内がコンビニの前で立ち止まる。横に走る青白の看板が光を反射して眩《まぶ》しい。

「なに？」

「アイス買う」

そう言い残して比内がコンビニに吸い込まれていく。数秒眺めて、

「じゃ、俺も」

呟いて後に続いた。帰ったところでふりかけしかないからな、癒《い》やされない。

比内は甘熟シャーベットを、俺はたい焼き形のアイスを買って外に出る。コンビニと大学の坂の間を埋めるように生い茂った木が作る影の下へ行き、二人で並んで壁に寄りかかりながらアイスの封を開いた。

木漏れ日《こもび》が肌の上を泳ぐ。煌《きら》びやかな紙吹雪《かみふぶき》が降りかかるようだった。

コンビニの冷房に晒されて汗が凝固したこともあってか、焼けるような空の下にいる不快感は収まっていた。停滞してぬるま湯のように肌を包む空気は変わらないが、その中でたゆたうような気分に浸る。手と口の中をアイスが冷やしてくれることも理由かもしれない。

比内が棒状のシャーベットを噛む音と、今年は控えめな蟬の声が重なる。坂と植木の向こうに頭が見える大学を見上げていると、段々と夏休みを実感し始める。小中学生の頃は予定も自然に詰まって毎日が忙しかったが、長期休暇には確かな希望があった。今ではなにをして過ごそうと退屈しのぎに頭をしぼらないといけない。筋肉と彼女とは別れてしまったし。

食べづらいのか、比内が前髪を掻き上げて左右に分ける。

うん、髪をちゃんとすれば美形だな。ずっと暴れなければいいのに。

暴れているのは俺が原因な気もするが、気のせいだろうと流した。

「あなた、名前は？」

目があったついでか、比内が名前を尋ねてくる。

こんな風に落ち着いて話すのは、これが初めてだろうか。

「神だけど」

引っ越しの挨拶に来たときと、騒動のときにも名乗ったのに忘れているようだ。

そんなもんかもしれない。俺も二階の髪切り男や、女子中学生の名前を覚えていないし。

「じん？」

「神と書いてじん」

指で宙に文字を描く。それを目で追って、アイスを囓ってから比内が感想を呟く。

「偉そう」

「俺が関与しているわけじゃないからねぇ」

ケチをつけられても困る。

「下の名前は？　隼人《はやと》？　宗一郎《そういちろう》？」

「喜助《きすけ》」

「時代劇みたいな名前ね」

「そうかい？」

牛タン屋みたいな名前だな、と言われたことはあるが。両親に。あの人たちおかしい。

「あんたの名前は？」

「比内」

「下の名前だよ」

わざとはぐらかしたような物言いに気づきながらも再度、尋ねてみる。

比内の目がぐりぐり動き、最後は真っ直ぐ前を向きながら素っ気なく答える。

「桃《もも》」

「……ふぅん」

隠すような名前でもないと思うけど。まぁ確かにかわいらしすぎるかもしれない。

そこで会話が途切れて、再びアイスを囓る。たい焼きアイスを尻尾から囓っていたのだが、失敗したかもしれない。胴体の中に詰まったアイスがぐにゅりとはみ出してしまう。食べ方が偏っていたせいだろう。指で拭ってアイスを舐めていると、子供に戻ったみたいだった。

生温い風に吹かれて、比内の髪が躍る。手で押さえるようにしながら、顔をあげた。

「あなた、大学生？」

「そう。そこの坂の上。そっちは？」

「違うわ」

比内が否定する。意外な返事だった。そして社会人だ、とは言いきらなかった。

普段、働きに行っている様子がないからな。

色々あるんだろう。そこを直接聞かないようにしながら、こちらからも質問してみる。

「歳いくつ？」

「今年で二十二」

「え、あんた年上なの」

思わず壁から背を離して驚く。同い年か、年下かと勝手に思い込んでいた。

細めた右目が攻撃的にこちらを向く。

「年長者を敬《うやま》う気になった？」

「面倒くさいからやめておく」

「どんな理由よ」

比内もそこにこだわりはないのか、突っかからずに流した。しかし二十二で、あのポエムか。

いや女の子は何歳でも女の子だと誰かが言っていた気もする。それに社会に出た方が現実との摩擦《まさつ》が増してああいう心境に陥りやすいのかもしれない。そうだろう、多分。

別に人の趣味だし干渉や非難をする気はない。前回のはやむを得なかったのだ。などと納得するために目を遠くにやっている隙に、比内がすすす、と側に寄ってきていた。そしてそれに気づいた瞬間、その頭が派手に動いていた。

「あっ」

たい焼きアイスの、残っていた頭をばくりといかれた。口いっぱいにたい焼きアイスを窃盗した比内が、目だけ勝ち誇ったように光らせながら、頬と顎をぐにぐにと動かして咀嚼《そしゃく》する。

「おいおいおい」

残った袋を振って抗議する。比内は知らんとばかりに目線を外して、鼻をつんと澄ます。

「とひゅふえふあはらいいの」

「あー、えーと」

年上だからいいの、と言ったようだ。理由になっていない。理由なくそのような狼藉《ろうぜき》が許されるのなら、こちらもやり返して問題ないというわけだ。まだ近くにいる、行けるなと確信して、比内の方へ首を伸ばす。その窮屈そうな右目に反応されたが、構わず突っ込んだ。

「あづっ！」

「ぐぇべっ！」

どちらがどちらのあげた悲鳴かは、比内の名誉のために割愛する。

俺は比内と同様に甘熟シャーベットの残りに噛みつこうとして、比内は身体を捻ることでアイスを保護しようとして。結果、お互いの頭部を叩きつける形となった。俺は額を正面から、比内は側頭部を激しく打つ。どちらも後ろに数歩よろめくほどの鈍い衝撃だった。

額を押さえると耳鳴りが酷《ひど》くなる。蝉の鳴き声と合わさって、頭を構成する線が歪《ゆが》むようだ。

「うぅ、目の前がぐるぐる回る……」

そう弱音を吐きつつ冷静に状況を把握して、シャーベットの右側を囓った。頭を押さえて片目を瞑《つぶ》っていた比内が、「あっ」と声をあげたときにはもう遅い。がしゅがしゆと噛んで堪能《たんのう》する。右半分が削り取られたシャーベットを構えた比内が、俺に憤《いきどお》る。

「なんてことするの」

「わふぁふぇのいふぁりだ、ゆるひふぇやれ」

「知るか！」

若気の至りだ、許してやれと言ったのに比内の方はまったく話を聞く気がないらしい。俺の口の端に指を突っ込んでこじ開けようとしてきたので抵抗して、押し合いになる。「うんぎぎぎぎ」と唇を閉じようと力を込めて、顔の左半分が痛い。「うんがががが」と人の口を裂こうとする女の形相も怖い。そうこうしている間にアイスシャーベットが溶けて棒から流れそうだった。

競り合う間にやや強引にシャーベットの塊を飲みこんで、べぇっと舌を出したら「んゆぎぃぐぎぐぎぎ！」その舌を摑まれた。嗜虐的《しぎゃくてき》な笑みを浮かべて唇の引きつった比内に舌を弄《もてあそ》ばれる様は地獄の餓鬼《がき》にでも絡まれるかの如き心境だった。なんだこの女は、牙を剝けば八割ホラーじゃないか。実はアパートの妖怪なんてオチじゃないだろうな。

遠くの蟬が鳴きやむよりも長々と、低レベルな争いに付き合わされた。そのお陰で息は切れて、目はぐるぐる回るし、頭は冷えるし。涼やかさを保って安定していた気分が一気に濁る。背中もせっかく引いたのにまた汗だくだ。この女に関わるとなぜこうも汗をかく羽目になるのか。比内の髪も再び下りて、おどろおどろしくなっていた。

波風が過ぎ去り、二人で共有し、漂うことのできた時間は既に失われていた。まぁ、保管してあるポエムを引き渡せばそれでこの女との縁はなくなるだろうし、それでも構わない。

「……じゃ、帰るか」

「ええ。早くして」

比内が俺の背中を押して急かす。「まー待てよ」とアイスの袋をコンビニのゴミ箱に捨てながら、顎を撫でる。

神のゴミ箱がもっと強力にゴミを引き寄せたら俺は破滅するか、ゴミ箱を捨てるしかなかった。まぁ捨てちゃってもいいのだが、まぁ、いいのだが。

しかし改めて、不思議だなぁと実感する。

奇跡というには微妙なそれだが、説明や解明はできそうもなかった。

その後、比内を押したり押されたりしながらアパートに戻った。騒動のほとぼりが冷めてからポエム回収とは賢しいことを、と毒づきながらも部屋に案内しようとする。

その途中、扉に手をかけたところで、比内の目がぐりんと動いた。

釣られて向くと、その先に無垢《むく》な丸い目があった。

女子中学生が扉を僅かに開けて、こちらを窺っている。顔半分ではあるけど目があって、露骨に反応したのが分かる。すすす、と音を立てないように扉が閉じて女子中学生も引っ込んでしまった。比内と顔を見合わせる。期待したが、その顔に心当たりは浮かんでいない。

「なにあれ」

「俺に聞かれても困る」

すっとぼける。どう考えても俺が関係していた。下着の件かな。……それしかないよな。まさか買ってくれる人を改めて聞きたがっているのか。俺にそんな人脈があるわけないだろう。

とはいえ、いつまでも放っておくわけにはいかないか。あの子のオカーチャンに邪推されて娘に手を出した、なんて誤解されたら俺の頭がナントカボールに加工されてしまう。

「ちょっと、どこ行くの」

その場を離れようとすると、比内に呼び止められる。

「奥の方にあるから適当に探してくれていいよ」

「嫌よ、部屋が汚そうだし」

偏見だらけの比内を放って、女子中学生が引っ込んだ扉の前に向かう。間にある西園の部屋の前を通ったときに、びっくり箱の如くやつが飛び出てくるかと警戒していたが今回は姿を見せなかった。そのまま二十年ぐらい部屋に閉じこもって発酵《はっこう》してくれると助かる。

「あーもしもし。お嬢さん、おじょうさまー」

名前を覚えていないので呼びかけ方が微妙なものになる。ノックすると、ごつんと扉の内側で頭をぶつけるような音がした。まだ玄関にいたらしい。

「えーと、なにかご用事とかありましたでしょうかー」

「い、いいえ、あの、べつに」

「あらそう。……じゃあ、さようならー」

苦手な空気を壁越しにも感じるので、早々に退散することにした。

俺がなにかしたわけじゃないのに、気を遣うのも面倒くさいところがある。

「ちょ、待って、ください」

「ん？」

女子中学生がそろそろと出てくる。扉に沿って、直角の軌道を描いて姿を現すのはどういう心境の表れなのだろう。夏季休暇中なので制服は着ていない。明らかにオカーチャンの私物であろうぶかぶかのシャツを着て、下は短パンなためかなにも穿いていないようにも見える。

シャツの端を摑んで俯いていると、ただでさえ一回り小さいのに一層、縮こまって映る。動揺しているのか、サンダルも履いていない。裸足《はだし》で外に出て熱くないのかね。感じている余裕もないのかもしれないが。

しかしまぁ、と女子中学生を見下ろして頰を搔く。俺も俯いてしまいそうになる。結構、かわいいけどなぁ。

大学生にもなると、弟妹でもいない限りは中学生を間近で観察できる機会なんてそうそうない。むしろあったら色々疑われる。そういう意味では役得的なものを感じるが同時に、真剣に見るほどにこんな可憐な子が十数年後、ポ○ンガ母さんみたいに変態するのかと思って愕然とする。……神の力を超える願いは叶えられないと言っていたのに、時間は神を凌駕《りょうが》するのか。

「ど、どうも」

女子中学生が恭《うやうや》しく頭を下げてくる。「いえ、こちらこそ」と釣られて頭を下げた。

それから顔をあげて、さて、どうしよう。女子中学生は潤《うる》んで、少し泣きそうにも見える瞳で俺を見上げるばかりで用件を切り出してくれない。じとりと汗が額に浮かぶ。個人的には自室の扉の奥が騒々しくなってきたのも気になっていた。普通に探しているんだろうか、あの女。

「あーその、夏休みはどう？」

無難な話題をあげてみる。中学生と他になんの話をすればいいのか分からないあたり、若年層に疎《うと》いおじさんの気分だ。特に相手が男子じゃないと、余計に知識の幅が狭まる。

「えぇと、はい。……暑いですね」

「そ、そうですね」

終わってしまった。責任を感じたのか、女子中学生が聞き返してくる。

「神さんも夏休みですか？」

「うん、今日からね。家に帰るか、どうしようかなー、とか悩んでいる最中」

女子中学生がなにかに反応したように眉を寄せる。なんだろう、と頰を掻いていると女子中学生がシャツの端を摑んだまま、頭をぶんぶんと振る。なんだその動き、段々と顔が赤くなってきているし。やがて耳まで真っ赤にした女子中学生が、ぼそぼそと口を開く。

「あの、神さん」

「はいはい」

「明日、ええと……どこか、行きませんか」

横の髪をぱたぱたと獣耳のように振りながら、女子中学生がそんなことを提案してくる。

眉間《みけん》に小さな穴が空くような。それぐらいの驚きがあった。

「どこか？　俺と、あーっと、きみで？」

女子中学生がこくりと頷く。で、じーっと、上目遣いで返事を待っている。こちらは若干動揺しながらも、その視線に応えて目を落とす。こいつは予想外のお誘いだ。暇だから構わないといえばそうなのだが、しかし……しかしだ。これって、一応アレだよなぁ。

「……ん、まぁいいけど」

警戒しながらも拒否する理由がなく、その誘いを受けることにした。女子中学生はホッとした雰囲気もなく、むしろなぜかより困ったように肩をすくめる。窮屈な姿勢のまま、部屋に戻ろうとしたので、その前に一つだけはっきりとさせておくことにした。

「えぇときみ……名前、なんだった？」

「え……？　あ、木鳥《きとり》、です。木の鳥、スズメ、カラス、なんでもないですいえはい、はい」

気の利いたことを言おうとして失敗した女子中学生が、目を回しながら部屋に退散する。

「……いやあの」

名字を聞いたつもりだったのだけど。今のは多分、名前だよな。

名前を確かに聞いたけど、名字も名乗ってほしかったな。律儀な子だ。

まぁいいか、木鳥ちゃんとか呼べば。

……それより問題なのは、どこか出かけようなんてお誘いだ。これってデートか？

いやいや相手は中学生だぞ、こっちは大学生で……歳の差から考えて、そこまで不自然でもないか。

不自然なのはそもそも、大して接点のない相手とデートすること自体にある。

「そんなに好かれているとは到底、思えないんだよなぁ」

むしろ挨拶するだけで惚《ほ》れられていたらそっちの方が怖い。そういう子には思えないし。

他に話したいことがあって、それの布石という感じがしないでもない。どこへ行くとか待ち合わせの時間も打ち合わせしていないけど……部屋が近いしどうにでもなるか。だけど女子中学生と出かけましたなんて知れ渡ったら、特に西園あたりが俺をどういう色眼鏡で見るようになるのか、想像に難くない。やっぱり断ればよかっただろうか。

熱に浮かされながら自分の部屋に入ると、まだ中に比内がいた。神のゴミ箱の前に屈んで、中を覗き込むようにしている。「あぢー」とドスの利いた声が聞こえてくる。女が他人に聞かせる声ではない、油断しすぎだろう。そう思って一歩近寄ると、比内が一瞬にして振り向く。

野生動物のように過敏な反応だ。放っておけば毛を逆立てるぐらいはやってのけそうだ。

「あなたが魔法使いってわけじゃないのね」

「あん？」

「不可思議なのはゴミ箱の方で、あなたは大したことないってこと」

俺が部屋にいなくても、ゴミ箱の機能が発揮された場面でも見たのだろうか。

「そーね」と適当に肯定すると、ゴミ箱を摑んで持ち上げた比内が、渋い表情で命じてくる。

「これ、捨てなさい」

「なんで」

「こんなのがあったら気軽にゴミを捨てられないじゃない」

「気軽にゴミなんか捨ててはいけない、もっと地球環境に優しい人に」

「うるさい」

ゴミ箱の、俺の名前のところを狙って叩く。ヤンキー座りなうえに顔つきが険しいので少々怖い。話し合いのできない女だ。ポエムではあんなに感受性豊かで饒舌《じょうぜつ》だというのに。

「大体こんなわけの分からないもの、どこで買ってきたの」

「近所のホームセンター」

「ふっつーね」

「どんな異端の人間も母親から生まれてくる。出自や製造過程は大した意味がないんだろう」

他のゴミ箱との分かりやすい違いは、胴体に描かれた『神』の文字だけ。

もしかすると、それを記した彼女こそが魔法使いだったのかもしれない。そういえば、同じ大学に通っているはずだが見かけない。意識していないがお互い、自然と相手を避けるように行動しているのだろうか。こちらとしては顔を合わせたら挨拶ぐらいは平気なのだが。

「新しいゴミ箱に買い換えなさい。なんなら私が買ってくるわ」

「あー、断る」

比内の目が吊り上がる。それに臆することなく、理由を述べてやった。

「道具にだって愛着はあるし、それにお前の言うとおりにするのはなんとなく嫌だ」

理由のほとんどは後半だった。うがーとか叫びながらカエルのように跳ねて飛びかかってくる比内を迎え撃つ傍らで、まぁいいだろと神のゴミ箱の存続を願う。

可能性の芽は潰さなくてもいい。

神のゴミ箱がなければ比内との出会いもなかった。……なくてもよかったかも。

散々暴れた末、比内が紙の束を抱えるように持ち、汗だくになりながら部屋を後にする。見送りながら、ポエムってあんなにたくさんあっただろうかと首を傾《かし》げるも、まぁいいや、全部持っていけと黙って別れた。

閉めていかなかった扉を舌打ち交じりに見て、閉めるか迷い、動くのが億劫《おっくう》なので止めた。一人きりになって落ち着いて、けど思い出してすぐに尻が浮く。膝を突いて前屈みになり、額を床に擦りつける。ぐねぐね揺れながら頭を抱えて、なんだか無性に照れている自分をごまかす。女と二人で出かけるなんて半年ぶりか？　比内はカウントしないとすれば、それぐらいだ。

暴れたことで滴《したた》る汗が額と床の間で生温い。その粘つく熱から目を背けるように、右目だけを動かすとゴミ箱が見えた。ひっくり返っている。去り際、比内がなぜか裏向けていった。

こういう場合、ゴミが転送されてきたらどうなるんだろう。気になったので姿勢もそのままに観察してみる。蟬が窓の向こうで鳴いている。音にあわせて「じーじー」と真似しながら身体を上下に振る。扉が開いていることに気づいてハッと顔をあげたが、誰もいないのでホッとして怪しい動きを再開する。ぐぃぐぃーと盛り上がっていたところで、ゴミ箱が賑やかになった。

相変わらず音もなく、空間がねじれる様子もなく一瞬で現れる。ただ今回、出現の場所がおかしかった。ゴミ箱の中ではなく、天井を向いている底の上にばさりと、降りかかるようにやってきたのだ。「へぇー」と汗まみれになりながら感心する。逆にすると、そうなるのか。

「これは知らなかった」

新機軸の機能だ。まったく使い道はなさそうだが。原理と理屈はさっぱり分からないが、掃除が面倒になるのは間違いない。ようやく身体を起こして、届いたゴミを片づけることにする。

今日のゴミは髪の毛……うへぇ。二階の髪切り男だな。布にくるんで捨ててあったそれがゴミ箱の底から滑り落ちたことで床にばらまかれてしまっている。ぐぇぇと悲鳴をあげながらも、散った髪をかき集めて再びくるんでいく。他のゴミは紙くずぐらいか。しかしそれは俺の望むもの、つまり破棄されたポエムではないんだろうなぁと考えると、一抹の寂寥《せきりょう》が訪れる。

最初は退屈しのぎに読んでいただけだが、今ではあのポエムじゃないと、という気になる。書いているやつの人となりを知ったからだろうか。だがポエムの新作は訪れるはずもない。新作じゃなくて、捨てなかったお気に入りでもいいから目を通してみたいものだ。比内に頼んで目の前で読み上げてもらうか。いや絶対耐えられなくて、窓があれば飛び出してでも逃げてしまいそうだな。そもそも頼んだら喉を潰されそうだ。

転がっている紙くずに文字が見えたので飛びついてしまったが、そこには当然、俺の望むものはない。代わりに携帯電話の番号と住所がメモ書きされている。勿論だが覚えがない。

極太の字で、誰の字面かも判別できない。その紙くずを握りしめたまま、暑さに倒れる。

床にへばりついた頬との間でじゃりじゃりと、細かい髪の毛の擦れる感触に泣いた。

翌日、ご飯にふりかけをパッパしていると扉を叩く音がした。時計を確かめると朝の九時を過ぎたところだ。ノックなんて礼儀正しいことをするのは大家さんかあの女子中学生しかいない。パッパ途中のふりかけを置いて立ち上がりかけたが、「開いてるよー」と言えばいいのを思い出す。座り直すのとほぼ同時に、扉が軋《きし》んで悲鳴めいたものをあげながら開かれた。

開けたのは予想通り女子中学生、木鳥だった。……なにかおかしいと思ったら、なぜか制服を着ていた。それと肩に紐《ひも》をかける形で鞄《かばん》を伴っている。

「お邪魔します……あ、早かったですか」

テーブルの上のふりかけご飯を一瞥《いちべつ》して、木鳥が尋ねてくる。「いやまぁ、具体的に決めていないし」と答えながら座布団を用意する。二つ折りにして枕《まくら》の代わりに使っているやつだが構わないだろう。木鳥が座布団の上にいそいそと正座する。そうしてみると、やはり小さい。

ふりかけパッパを終えてから、扇風機を木鳥に向けて電源を入れる。「あの、大丈夫ですから」と風から逃げようとする木鳥を逃がすものか（？）と、扇風機の首を曲げて追いかける。木鳥はしばらく前後に動いていたが、やがて諦めたのか元の位置に正座したので解決となった。諦める必要も、しつこくする意味もまったくないと思った。木鳥の横の髪が、風に吹かれてぱたぱたと揺れる。垂れ耳のようだ。

「ふりかけご飯ですか」

「朝はのりたま」

「朝？」

「昼は鮭《さけ》。夜は豚しょうがとローテを決めてあるのだ」

待たせるのもよくないかと、急いでふりかけご飯をかっ込む。うむ、昨日と同じ味だ。

木鳥はなんとも微妙な表情で、横を向いて逃げるように言う。

「大変なんですね」

「自炊が面倒なだけだよ」

　実家からの仕送りはあるし、バイトもしているので貯金は多少なりともある。しかし人間、貯《た》まるとそれを使うことにかえってためらいを覚えるものだ。使うという感覚が減らすに変わってしまうのだろう。その割に西園と酒を飲んだりもするが、まぁそれはそれだった。

　あれは金を貯め始める前からの慣習だからなぁ。悪しき慣習だが。

　正座して、微妙に左右に揺れて落ち着かない木鳥がこれまた忙しく部屋の中を見回している。俺の部屋に上がるのは初めてだったかな。さして見るものもないはずだが。扇風機のように左右に動いていた木鳥の目が、ゴミ箱に留まる。やはり神とか書いてあると痛いのか、と一瞬考えたがそれ以外にも因縁はあるか。ゴミ箱の中身が消失する経験はこの子にもあるはず。中学校のプリントも時々来るからな。だからなにかしら、ゴミ箱に特別な意識があってもおかしくない。突っ込まれた質問をされても困るので、見て見ぬフリをして食事を続けた。

　途中でご飯の塊が喉に詰まりそうになったので、自分の分を汲《く》むついでに、木鳥の分の麦茶も用意することにした。と言ってもさもしい一人暮らしなので、コップなんて二つしか用意していない。同居していたときに買った彼女のコップは別れ際に持って行かれてしまったし。

「俺と西園の使っているやつなら、どっちがいい？」

二つのコップを掲げて、どっちがいいか聞いてみる。木鳥は少し目を泳がせてから、

「神さんので、お願いします」

「あいよ」

西園に勝った。やったぜ、と低レベルな争いを制したことに喜ぶ。まぁあいつに負けるようでは困る。常日頃の言動や格好からして色物の部類だからな、やつより敬遠されるようなら大丈夫かという話だ。麦茶を差し出すと、ぺこりと頭を下げてその水面を見つめるばかりだ。

動きが少ない。かえってそういう方が扱いづらくて、参るのだった。

ふりかけご飯を完食して、お茶を飲み、歯を磨く。本当は少し時間をおいて磨いた方がいいと雑誌で読んだが、三十分も正座して向きあっているというのは少し辛い。最後に顔を洗ってから部屋に戻ると、木鳥の持つコップが空になっていた。

「お代わりいる？」

「いえあの、ごちそうさまです」

木鳥が両手でコップを突き出してくる。受け取って流しに持っていき、定位置に座る。

自分の麦茶にちびちび口をつけながら、木鳥と居心地悪く黙る。元気なのは扇風機ぐらいだ。

なにか話があるのではないか、と思うのだが木鳥はもじもじして膝小僧をすり合わせるばかりで顔をあげようともしない。

このままだと埒《らち》が明かない。こうなると、面倒でもこちらから動くしかなかった。

「じゃ、まぁ出かけるか」

狭い部屋で向きあっていても、妙な雰囲気が続くばかりだ。空気が淀む。外の空気を吸えば少しは相手の表情や言葉が軽いものとなるかもしれない。あの下着云々と言い出したときと同じものを感じて、そこから逃げようとする言い訳としては上等だと思った。

「あ、はい……どこにですか？」

誘ったのはそっちなのだから、聞かないでほしい。

しかしまぁ、比内よりは大人でいたいからな。ここは年長者の落ち着きを見せよう。

「外に出てから決める」と言って、早々と靴を履いて扉を押し開いた。

今日も外はただ暑い。飛び込む日差しが赤く見えるようだった。

近くにあってよく見かけるためか、木鳥が歩いてみたいと言うので巡っている。

大学のことだ。まだ前期試験がすべて終わっていない学生もいるので、閑散とはしているものの人通りがゼロということはない。講義棟に入ればもっとわんさかいることだろう。

……さて。知り合いに問われたら親戚か妹、どっちの方が信用されるかな。

長い坂を上って、木陰の休憩所に座って少し休んでから目的もなく散歩を続けている。まだ学食という時間でもない。となると日にさらされながら見飽きた中央棟の周辺を歩き回るしかないのだが、木鳥にはそれでも十分に物珍しいようだ。

硬く縮こまっていた首が元通りになって、緊張しながらも大学の風景を堪能している。大人の場所、というものを覗き込む子供の心境だろうか。そういう感覚には覚えがあった。

きょろきょろと、無邪気に首を振る様は見ていてなかなかにかわいらしい。

制服を着ているのでキャンパスの見学……は、無理か。高校生にしては幼すぎる。

腕を振るときに制服と肌に隙間ができて、そこから覗ける日焼けと地肌の明暗が幼さの象徴に思えた。

散歩の途中、講義棟の近くに設置されている自販機でジュースを二本買う。どちらも桃のナントカ水だ。桃という字を見て比内を連想してしまい、失敗したなぁと少し後悔した。

立体交差の下にできた影の中で壁に背をつけて、二人で喉を潤す。「いただきます」と頭を下げた木鳥が勢いよく飲んでいるのを横目で見て、喉が渇いていたんだなぁとそのままな感想を持つ。そしてそうやって向けた視線の先に、思わず目を細めてしまうものが見えた。

音を立てないように、立つはずもないけど慎重に、目を逸らす。

「……久しぶりに見たな」

缶の奥へ向けた独り言のつもりだったが、木鳥まで聞こえてしまったらしい。頭が反応する。

「なにをですか?」

「いや別に」

それがこちらに気づかないまま、友人たちに囲まれて向かい側の歩道を通りすぎていく。

俺の目の動きからその中の一人を見ていることを察してか、木鳥が尋ねてきた。

「お友達ですか？」

「元だけどね」

嘘をつく。しかし木鳥は躍るように目を動かした後、首を傾げる。

「あれ、あの人、出入りしているの見たこと……彼女さんじゃないんですか？」

なんだ、見ていて覚えていたのか。格好悪いな、友達と言ってしまったぞ。

「ん、まぁ」

こちらとしては嬉々《きき》として語るようなことではないので打ち切りたいのだが、なんか興味津々《しんしん》とばかりに木鳥の目が輝いている。他人の好いた惚れたなんて、聞いて面白いかね。たとえば俺が西園からその手の話を聞かされようものなら、三分と経たずに喉を潰すのだが。

「別れちゃったんですか？」

「そーね」

「なんでダメになったんですか？」

声だけでなく足取りも軽快になって、俺より少し前に出て顔を覗いてくる。

これが西園ならえぇいうるさいと一蹴《いっしゅう》できるのに。ちょっと不便だ。

「そりゃー、性格の不一致とかじゃないかな」

生々しく説明しても気が滅入るだけなので、当たり障りのない理由にしておく。

「神さんは優しい人に思えますけど」

「気を遣うのと、優しいのは少し違うんだよ」

苦笑しながら木鳥の頭を撫でる。夏の日に濡れた髪は温かく、上質な手触りだ。熱の波と若さを手のひらで感じる。木鳥は眩しそうに片目を瞑りながら、俺の手を見上げる。

「大人はすぐ、賢そうなことを言いますね」

「俺って大人なのかな」

手を頭から離して、今度は自分の後頭部を掻く。昨日の比内との争いを思い出し、なんとなく恥じる。

「わたしから見れば大人です」

「ま、それもそうか」

「どんな人だったんですか？　彼女の方」

話題を戻して食いついてくる。女は好きだよな、そういう話。

「悪い意味で、思考に重力を感じない人だった」

「ん、と」

理解しづらい表現だったらしい。自由奔放《ほんぽう》とでも言うべきだったか。

いやでも、それは肯定的な意味合いが強いよな。恐らく。

「囚《とら》われていない。重いものだけじゃなくて常識にも」

そういう女についていくには、俺は少し足取りが重かった。

……これ以上は、話に付き合う必要もないな。

「図書館でも行こうか。あの中は涼しいし、落ち着ける場所もある」

財布の中に俺の学生証はあるし、許可さえ取れば木鳥が入館することもできる。話を打ち切るために木鳥の同意を聞く前に動いた。立体交差の下から離れて、回り込み、階段を上る。

中央棟にある空き缶専用のゴミ箱に缶を捨ててから立体交差を通って図書館の入り口に向かう。上に出ると生暖かい風が強まり、大学が丘の上にあることを意識してしまう。

気持ち悪い質感を保つ風に逆らって歩く中、木鳥がぽつりと呟く。さっき、俺が缶の中に吐いた独り言ぐらいの声量で。ともすれば風に呑まれて消化されてしまいそうな儚《はかな》さだった。

「なんで、人ってうまくいかなくなるんでしょう」

俺と彼女の話かと最初は思った。けど、その言葉は他人に向けられたものではなく、心の内側にひっそりとこぼれ落ちる類のものだった。心に波紋を描く言葉の水滴の飛《ひ》沫《まつ》が、こちらの耳にも微かに降りかかったというわけだ。

聞こえなかったフリをしながらもたくましい母上様を思い返し、木鳥の両親のことだろうかと想像する。当然ながら木鳥にも父親はいる。死別でないとするなら、木鳥の言う『うまくいかなかった訳』があるはずだ。木鳥はそれを知りたいと考えているのだろうか。

親の問題は彼女との別れ話とはちょっと違う。生活もかかっているだろうし。

親がいないという感覚を理解できない俺には、想像できないものかもしれない。

図書館に入って正面すぐにカードリーダーと、右脇に受付がある。館内の温度の中途半端さに軽い寒気を覚えながら、受付で入館許可を取る。事前に話しておかないと無理かと思ったが、俺が学生証を提示すると案外、あっさりと許可が下りた。書類が差し出されて、木鳥が名前を記入する。それをなんの気なく、隣で眺めていたときのことだ。

「……あれ？」

思わず前のめりになってそれを覗き込む。その硬質な筆跡に見覚えがあった。

あの携帯電話と住所のメモ書きと同じように見えたのだ。

「なんですか」と木鳥が不思議がっているので、動揺を抑えながらごまかす。

「いや、ああ。力強い字だと思って」

言うと木鳥が少し落ち込むように俯き、髪が垂れる。

「よく言われます、女の子らしくないって」

「うん、まぁでもそんなに気にすることないよ。俺、単純に字が下手《へた》だし」

自虐を交えてフォローする。それから少し離れて、木鳥が書類を書き終えるのを待った。

一緒だよなぁ、と記憶にあるメモの字と今見たものを重ね合わせて確信する。

だから先程の呟きとも関連するのだが、木鳥が「お待たせしました」と戻ってきたとき、ついこんなことを聞いてしまった。

「なぁ、ちょっと失礼なことを聞くかもしれないけど」

「あ、はい。なんですか」

「父親に会いたいとか、思う?」

前振りのない質問に、木鳥が顔色を変える。聞くべきじゃなかったかなと後悔がよぎりながらも一度口にしたそれを引っ込めることはできない。木鳥は俯きがちになりながら、首を振る。

「分かりません、多分」

木鳥の答えは弱々しく、なんの意味も、方角も示さなかった。

その俯き方や怯え方に息を吐く一方で。

でも、そんなものかもしれないとも思う。

自分が中学生だったときを思い返し、『子供』の輪郭を朧気《おぼろげ》に見た。

学食で昼飯を済ませた後、アパートに帰ることにした。多少思うところはあったし昔の彼女なんてものも見てしまったけれど、時間を潰すには十分だった。その点は感謝しておきたい。

坂を下りた脇にあるコンビニでアイスを買うか少し悩んだが結局入ることはなく、アパートの敷地へ戻った。図書館ではなんとも微妙な空気になったが、下着の件で元からぎこちない関係になっていたわけで、むしろ多少は会話しやすい雰囲気になったら御の字ではないか。

そうした成果を胸に部屋に戻ろうとして「それじゃあまた」と挨拶したところで。

「神さん！」

急に名前を強く呼ばれる。振り向くと、木鳥がスカートの端を摑んで身構えていた。下唇を嚙みながらぷるぷるしている。

「は、はい」

嫌な空気の流れを感じた。それを裏切らないように、木鳥が動く。

「実はか、買っていただきたい、ものが」

やっぱりきた。どう考えてもこの後に続くのはあれだった。言わせないぞ、と機先を制す。

「し、下着なら買わないから。アテもないから」

それを言いたいがために出かけませんかと誘ってきたのだろう。踏ん切りをつけるために。木鳥はぐーっと、強く下唇を嚙んでなんとか顎を上げているという感じだ。

「じゃあ、別の、やつを」

「……え、なに？」

木鳥の目が逃げる。目の下がふるふると波打つ。かーっと耳の付け根から朱色に染まる。

炭酸の泡が目の中で弾《はじ》けているように、まばたきの度にその色合いと形が変化した。

なんだ、なんだ。

猛烈な気負いを感じて、たじろぎそうになる。そんなところに、追撃がくる。

「わ、わた、しを、買って、いただけな、な、ない、かと」

「……………………………………………………………………………………は？」

俺が息を止めている間に、地球が三周ぐらいしていないだろうか。

それぐらいの長い時間を、女子中学生に止められてしまう。

そ。

そ、それは、まじものの。マジの、売春、ではないのか。

下着なんてチャチなものでは断じてない。

「え？　え？　え？」

こっちまでおぼこのように狼狽《ろうばい》して耳を疑う。木鳥さん、え、ちょっと、木鳥さん？

「う、うー、うぅううううぅううう」

「あ、あ、おい」

頭を抱えながらしっちゃかめっちゃかに髪を振り乱す木鳥を見て、少し冷静になる。

別の意味で大丈夫なのかきみは、と心配していると、顔をあげた木鳥は舌がちぎれるかのような勢いで動かす。

「かかか、かっがえぼいでくだざい！」

舌を嚙んで足がもつれて目が明後日の方を向いて、すべてが嚙み合わない壮絶なものを見せつけながら木鳥が走り去った。よく転ばないものだと感じる偏った挙動で部屋に逃げる。

恐らく鍵もかけられてしまっただろう。何度ノックしても居留守を固持するだろう。

「ぬ、な、おい、おいい、おい……」

動揺すら途中で萎《な》えてしまうほどの、深い一撃が突き刺さって俺の四肢を引きつらせる。

勇気をもって断ったら、取り扱う商品がより悪化した。とんでもないものを売りつけられてしまったぞ。

部屋に戻ってから、前のめりに倒れる。それからびくびくと背中が痙攣《けいれん》した。

えー、えー、えええええ。

女って、怖い。ここまで簡単に男を追い詰めるなんて。

しかし倒れ込んで休まる暇もなかった。

「……あ？」

壁越しで周りに聞こえるよう、明らかに意識した大声でお隣さんがなにか言っている。

　聞きたくもないが転がって壁際に寄ってみる。

「はいー、そうなんですよー……お相手は中学生ですよ、ちゅー、がく、せー。世の風紀の乱れを憂《うれ》うワタクシとしてはですね、はい善良な一市民としての在り方を真っ当に……」

　裸足のまま外に出て、隣の部屋へ突撃した。西園も俺の例に漏れず、鍵などかけていない。

　蹴り倒すような勢いで、大家さんに怒られるとかそういう後先を考えないで扉を開ける。

「ひぃいぃいい、援交おじさんが僕の部屋にぃいぃい」

　今時、一人暮らしには珍しい宅電を抱えるようにしながら西園が尚も電話の向こうに訴えかける。ずかずか上がり込み、その顎を蹴り飛ばして成敗した。西園がごろんごろんと床を転げ回って、その度に丸めた紙くずがカサカサと音を立てるのが地味に鬱陶しい。

　久しぶりにこいつの部屋に上がったが、相変わらず文豪気取りか。紙くずはなにも印刷されていないコピー用紙で、雰囲気作りのためだけに転がしてあるそうだ。ただのアホである。

「くそ、既に援交おじさんキックまで習得しているとは……手慣れていやがる」

もう一回蹴って壁際に転がしておいた。

「うるさい。こんな小芝居までして」

さすがの西園も本気で通報はしていないだろう。奪い取った赤い受話器を耳に当てて、「あーあーもしもしー」と冗談で話しかけてみる。

『あのー、もしもし？　どうしました？』

「……………………」

受話器の向こうから返事があった。血の気と汗が一気に引く。そして引いた汗が背中に集《つど》い、ぶわっと噴水のように浮き上がってシャツを濡らした。なんとか残った理性が受話器を手で押さえつつ振り向かせる。壁際で寝転がってくつろいでいる西園を怒鳴り飛ばした。

「本当に通報してんじゃないよ！」

「警察にイタ電しろというのか、お前は！」

「そっちじゃねえよ！」

こっちへ転がってきた西園を援交キック（仮）で蹴り返す。あぁ、っと。冷静になろう。

「すみません、一つ確認したいんですけど……そちら、本当に警察の方？」

『あれ？　ていうかお前誰だ？　西園じゃないよな』

向こうも演技の落ち着いた声をやめて、粗野なものを剥き出しにしてくる。

やはり、西園の悪戯《いたずら》に付き合っているだけで本物の警官ではなかったか。

最初から分かっていたさ、ははは。あぁ、背中の汗がじっとり冷たい。

「芝居に付き合ってくれてありがとう。西園に代わって礼を言っておく」

本当はこいつも蹴り飛ばして転がしたかった。

『芝居はもういいと申されるか？』

「申された」

『そうか。じゃあな、援交おじさん』

最後に無礼な呼称を残して、電話が切れる。くそ、やはり西園の友人だな。

とりあえず訂正を求めたいんだがな、お前ら。

「おじさんじゃねえよ」

「そっちの訂正の方が大事とは。根っからの援交マンとみた」

「その節穴の目を潰してやろうか」

受話器を放り出して、床の雑多なものを足で払ってから座り込む。西園の部屋は相変わらず、座る場所を作るのも苦労するぐらい床に物が散らばっている。どの季節から持ち越していると言いたい、小汚いふかふかの毛布。落ち葉のようにかき集められて小高い山を作る本。酷いのは昼飯だったのか、つゆだけ残った冷やし中華のパックが直に置かれている。こんな状況でよくもあれだけ派手に転がることができるものだ。悪い意味で自分の庭ということか。

「なかなか楽しい事態になっているようだな」

「あぁ。(お前という野次馬にとって)愉快な展開だろう」

「うむうむ」

当事者の前でよくもぬけぬけと頷いてくれる。まぁ西園にはなんの期待もしていないが。

額を押さえ、前髪を掻き上げる。そのまま、自然と重力に屈する頭を、頬杖をついて押さえる。しかし俯き、溜息が派手に漏れるのは止められない。ここの隣の部屋だし、あまり大きな声では言えないけれど。

「下着はまだしも、これはさすがに犯罪だぞ」

「自覚があるなら自首を勧める」

「黙れ」

シッシと手で払う。「ここ俺の部屋」とか言っているのも手で払って無視する。

「二階の男前に頼めよなぁ、こんなの」

俺に男女の問題を押しつけるな。そういうのはこりごりだ、精神がやつれて細る。

「男前は買わんでも女ぐらい選び放題だろう」

それもそうだ。……遠回りに俺がバカにされていないか？

「そして俺も買ってくれとは言われないんだよなー、なー」

ふふふ、と西園が勝ち誇る。そんな西園くんに事実を教えてあげた。

「お前は単に嫌われているだけだ」

「ま、ようするに纏まった金がほしいのか」

都合の悪い話などてんで無視した西園があぐらをかいたまま転がり、足の裏をぱこぱこと合わせる。西園にしては珍しく、真っ当な方向に話題を変えた。

纏まった金か。……なるほど。段々、分かってきたぞ。

あの字が木鳥のものであり、かつ図書館での話題を踏まえると……そういうことかな。

「夏休みだから派手に遊ぶ金でもほしいとみた」

「そういう子には見えないんだけどな」

「あの淫売にすっかり騙《だま》されているようだな。額にビッチですと貼って生活する売女はいないものだ」

なぜそこまで力強く断言する。

こいつは女に嫌な思い出でもあるのか？　俺も人のことは言えないが。

「援助交際の神とか、格好良すぎる二つ名だな」

「首周りが極まっている感じしかしないんだが」

まだ受けるとも言っていないというのに。……いや、受けないけどな。

「ふぅむ……」

西園を蹴り飛ばしたお陰か、少し落ち着く。自分がこのあと、なにをどうするかについて冷静に見極めようという気になる。今の俺に足りないものは、判断のための情報だな。

机の上に設置された、デスクトップのパソコンを一瞥する。リボン状のスクリーンセーバーが画面の中を泳ぎ回って多色の帯を描いている。赤紫が手前を駆け抜けて、部屋の壁が微かに染まる。

その色が奥へと消えていき、それを追いかけるように立ち上がる。

「ちょっとパソコン借りるぞ。これネット接続できるだろ？」

「できんパソコンなど使っているやつが今時いるのか？」

「俺が実家にいた頃はあったよ」

机の前に膝を突いて、マウスを操作する。スクリーンセーバーが消えた先に見えた画像が非常にアレであったことにはもはや言及せず、うろ覚えのそれを検索する。変換候補に早々に出てきてくれたので助かった。駅の名前や地名についてを軽く調べてみる。

「……なるほどねぇ。結構遠いな、電車ではきつい距離だ」

「なんだその場所。援交のメッカか？」

「知らん。行ったこともない」

横から覗き込む西園を蹴り飛ばす。と、今度はその腕が横から突き出るようにやってきた。

その手の先端にはコップがあった。中身のないそれを受け取ると、西園がいつの間にか酒を用意していた。傾いたガラス瓶の中で茶色い液体が坂を作る。飛び込んで、滑りたい。

そんなことを望むような、茹《う》だる暑さだった。

「今日は俺が奢《おご》ってやる。ふりかけをつまみにしなくていいぞ」

「そりゃどーも」

まだ夕方も訪れていないというのに、なんて不健全な。

不景気な顔でコップを受け取る。ただ酒とはいえ、あまり歓迎することではない。

「朝まで徹底討論、今夜のテーマは女子中学生との援助交際において、彼の内宇宙に生じた律動についてです」

「ねぇよそんなもん」

なぜって、今夜はこうなるからに決まっていた。


「援交トワイライトプリンセスパンチ!」

「お前が使うのかよ」

西園のごちゃ混ぜ悪酔い必殺技は避けるまでもなく、へろへろと落ちていく。

夜が更けるよりも早く、俺たちはできあがっていた。

お互いに酒は強くない。少し入るだけで赤ら顔となり、目玉も充血する。そもそもこうやって飲み出したのは西園が『なんか格好いい気がする』と言って誘ってきたからだった。単純な大人への憧《あこが》れから始まった飲酒だが、正直こういう酒を美味いと感じたことはない。

飲みこむ度に脳が酒に浸って、ちゃぷちゃぷと音を立てるようだ。

しかし何時間、こんな部屋に居座っているのだろう。

「いま何時ぐらいだ？」

「日時計によるとー、八時ぐらいか？」

「日がもう出ていないぞ……」

酔っているなぁと思う。だが西園はそもそも、素面《しらふ》のときでもいい加減なので大差ない。

冷蔵庫の奥に突っ込んであったやわらかイカフライとアラレも食べ尽くし、後は酒をちびちびとするしかなかった。しかしそうなると、十分もすれば酔いつぶれてしまう。

もう少し、つまみがほしいな。

「なんか持ってくるわ。ちょっと待ってろ」

ふりかけが常備菜となってはいるが、冷蔵庫を覗けばさすがになにかあるだろう。

足まで酒が回っていないのでふらつくようなこともない。西園が「んー」と曖昧《あいまい》ながら頷《うなず》いた。

部屋の外に出ると、すっかり暗がりとなっていた。とはいえ俺の田舎と比べればひっきりなしに車が走っているし、街灯や店先の灯りもあるので真っ暗闇というほどでもない。その賑やかさの影響で、日が沈んだこの時間になっても、夏の蒸し暑さをより強く体感しているような気がした。

そうした夜景のイルミネーションの向こうから、人影が一つ、夜を払ってやってくる。

比内だ。相手もすぐにこちらに気づいて、なんとも微妙な表情になる。こっちがだらしなく笑うと、少しきつい顔になった。ポエムをすべて返却した以上、既に接点はないはずなのだが自然、お互いの足が止まる。言葉もなく見つめ合うと、虫が近くで鳴いていることに気づく。

比内はビニール袋を抱えるように持っている。袋からはヘアブラシの頭が飛び出しているし、本人の茶髪も濡れている。風呂の帰りらしい。アパートにも各部屋にシャワーぐらいはついているのだが、それでは満足できないようだ。俺とはまた異なる理由で、肌がうっすら赤く染まっている。

ただ向きあっているだけなのだが、左右の目が非対称な大きさなので顔をしかめているように見える。決して俺を毛嫌いして嫌な顔をしているわけではない。……ではない。多分。

「よぅ桃ちゃん」

親しげに呼んでみたら胸ぐらを掴まれた。もう馴《な》れ馴《な》れしいなんてものじゃない。

「私は年上よ」

「じゃあ年上らしいところを見せてくれよ」

「分かった。生意気な大学生の躾《しつ》け方を……」

そこまで言ったところでこちらの吐息でもかかったのか、「酒臭っ」と仰《の》け反るようにして離れた。飲酒が役に立つとは珍しい。

「ちょっと西園と飲んでいたんだ。西園知ってるか、隣の部屋のやつ」

「名前は知らなかったけど、見たことあるわ。作家かぶれみたいなやつね」

作家かぶれとは言い得て妙だ。あいつの趣味は作家ごっこだからなぁ。

「……で？　私になにか用？」

「べっつにー。たまたま会っただけなのに自意識過剰なやつだなぁ」

「あ、そ」

比内が不機嫌な声をあげて顔を背ける。そしてそのまま階段へ向かっていく。

美人はこれだから困る。いやなにも困ることなんてないだろうけど。……考えてみれば比内は見た目だけなら美人だし、二階の髪切り男は女にモテる、つまりいい男だ。隣のワカメ男は野暮ったいが彼女がいるようなのでいい男だ。木鳥も母親を見なかったことにすればかわいいし、そうなると『そうじゃない』のが俺と西園だけになってしまう。

振り向いて、右斜めの位置に並んだ部屋を見る。

麻雀《マージャン》の不要な牌《ハイ》を端っこに置くような感じだなぁ。侘《わ》びしい。

「あ、そうだ。お前って両親いる？」

唐突な質問に、既に階段を途中まで上がっていた比内が警戒したように眉をひそめる。

俺は見上げて、あいつは見下ろして。お互いの首が痛くなりそうな角度での会話だった。

「そりゃあいるわよ」

「元気か？」

「そうなんじゃないの。……なに？」

踏み面を足踏みするようにして鳴らし、焦《じ》らすなとばかりに急かしてくる。

短絡的というか、せっかちというか。俺も人のことは言えないが。

しかも下ろした髪を毛振りして、階段の隙間からこちらへ水滴を飛ばしてきた。なんだその攻撃は。結構届くじゃないか。もの凄《すご》く複雑な気分になりながら、その激しい頭に言う。

「ん、いや。あのー、ほら奥の部屋に住む女子中学生は、父親と暮らしていないと思ってさ」

一階の端の部屋を指さす。扉の隙間から微かに電灯が漏れているし、耳を澄ますと野太く力強い声が聞こえてくるので木鳥のお母ちゃんも帰ってきているだろう。あれだけたくましそうな母親がいるならば父親の役目も果たして支障はないのかもしれない。

しかし、しかしだ。

「父親がいないってどういう気持ちなんだろうな」

育っていく最中、両親がどちらもいて。今も健在の俺にはそれが分からない。似た種類の生き物でも生活する環境によってその生態は大きく異なる。砂漠に棲《す》むカエルと実家の近所の畑に棲むカエルはその生き方に大きな差があるだろう。どちらが悪いわけでもなく、それは適応というものだ。親が両方いるやつと、一人しかいないやつの間にも同じことが言えるのではないだろうか。

そこまで大げさに、劇的に変わるというわけではなくても。けれど俺のように実家に帰るかなー、どっちでもいいなー、父親と話すこともないしなーと気楽に悩むことはあり得なくて。

木鳥はどう思うのか。

父親に会いたいと、思うものだろうか。

「いないって気持ちになるんじゃない？」

比内の答えはそのままだった。見上げているその顔に少し呆れる。

「適当だな」

「適当だもの。真剣に考えても人を消してなかったことになんてできないでしょ」

「……それって俺のことか？」

「与えられた環境はその人のもの。壁や困難はその人のもので、そこで生まれるもの、芽生えるものも、その人のもの。鳥は虫を食べるわ。それを理解しても私は虫を食べたくない」

比内が強気にばんばん持論を放ってくる。黙って聞いて圧倒されてしまったが、冷静に反芻《はんすう》するとなにを言っているのかいまひとつ摑めない。んー……ようするに、相手の気持ちを理解しても、自分と関係ないじゃんと言いたいのかな。よく分からんが、比内らしいとは思った。

「一瞬、年上っぽかったな」

「いつも年上よ」

正直に感想を伝えるとそこで珍しく、比内が笑う。ただし多少、意地悪そうに。

「下の部屋の人がいないってどんなに素敵なんだろう」と毒づきながら比内が階段を上がり、自分の部屋に帰っていった。うむ、すっかり目の敵《かたき》にされている。ポエムのファンなのに。

「だからか」

くしししし、と思わず肩を寄せて笑ってしまう。なんだかすっげーおかしかった。

多分、酒のせい。

手ぶらで西園の部屋に引き返す。西園が寝ぼけたような顔でこちらを見上げた。

「あれ、つまみは？」

「いくら使ったのかな」

「ん？　いくら持ってきたのか？　どこだ？」

「お前と何回飲んで、いくら使ったんだろう」

どろりと淀んだ西園の目が泳ぐ。指がひーふーみーとなにかを数えて折れていくが、恐らくなにも計算していない。目が上下に行ったり来たりして、見ていると気味が悪かった。

「まぁまぁ使ったんじゃないか。つまみ代がほとんどだがなー」

「だよなぁ……」

累計すればその金で新幹線どころか、飛行機にだって乗れるかもしれない。

それだけの酒とつまみが俺の血肉となり、身体を巡っているのだ。なのに俺は日本を横断できないし海外へ飛んでいくこともできない。不公平というか理不尽というか、とにかく焦りのようなものを強く感じる。エネルギーと金を、なにより人生を浪費している。

盲目的に筋肉を鍛えていたあの冬、一日でも筋トレを休むことになったときの不安と焦燥にそれは似ていた。俺の生き方は建設的なのか？　という疑問だ。今やっていることが次に繋がる行動でないと無意味に、ムダに感じてしまう。とっくに遊び終わったゲームのレベル上げを延々繰り返すよりは、新作を攻略した方が次に繋がっていくような、そんな感覚だろうか。

極論を言ってしまえば最後は誰もが死ぬのだから、なにを建設しようとどうにもならない部分はあるのだがそれでも、俺は次を求める。前向きって、そういうことじゃないかと思う。

一人では空を飛べないとしても、その景色を見上げようとする心は萎えない。

俺はもっと効率的に生きなければいけないと。そんな気持ちに強く駆られて。

「で、いくらはどこだ？」

「よし、決めた」

絶好調のアホを終始無視して、再び西園の部屋を出る。その頃には酒が抜けてきたのか、視界が明瞭《めいりよう》なものとなる。遠くにしか感じられなかった朧気な光が近いものとなり、星と電灯の区別がつくようになる。地と空が分かれて、天地の際に自分が立つような錯覚を味わう。

空と大地の狭間《はざま》を流れる運命に、背中を押されているのを感じる。

「おーい」とでっかい虫に声をかけられたので、振り向かないまま答える。

「だから、決めたんだよ」

もっと有意義に、金を使おうってさ。

「おーい、援助交際するぞー」

朝一で扉の前へとやってきて、がんがんと景気よくノックする。まぁ朝一と言っても十時を回っているのだが。扉を叩く度にこっちの頭も軋みそうだ。三度目のノックあたりで部屋の奥から急いた足音が聞こえだして、巣を襲撃された鳥のように女子中学生が飛び出してくる。

出てきた小鳥はカーディナルのように赤く、舌と目がぐるぐる回っている。そのまま顔の上にバターでも生まれそうだった。

「きみのかーさんが出勤するのを確認してからやった。ご安心めされ」

俺だって悪戯にポ◯ンガに喧嘩を売る気はない。俺では本物の神に勝てないし。

「そ、それは！　結構、ですね……」

背筋が勢いよく伸びたかと思えば、すぐに萎れてしまう。分かりやすいなぁ。

「ん。じゃあ着替えてきて。出かけるから」

「あわ、あばばば」

「誰が泡を吹けと言ったか」

まるで俺が苛めているみたいじゃないか。見ていられないので拭ってやる。

「ど、ど、どちらへ？」

「秘密。援助交際だってしかるべき場所ってものがあるんだよ」

「そ、」「そうなんですか！」

隣の部屋から飛び出してきた野次馬を扉と壁の間に挟んで退治しながら、「ほら着替えておいで。おめかししてくるように」と木鳥を促す。木鳥はぐずぐずな顔のまま小さく頷いて、しょぼくれたような背中を見せつけながら奥へ戻っていく。あそこまで意気消沈するなら、初めから止めておけばいいのに。とはいえ、平凡な中学生に他に大金を稼ぐ手段なんてないだろうし。

「で、お前はいつ消えるんだ盗み聞き野郎」

ぐにょーっと全身潰れている西園が顔だけは至極まじめそうなので、色々とおかしい。

「勘違いするな、これは取材だ。お前を主人公にして小説を書いてやろうと思ってな」

「ほー、そいつは光栄だ大先生。タイトルは？」

「実録淫行女学園、夏」

「潰れてしまえ」

扉の奥に押し込んで封印した。そのまま干からびてくれることを祈る。

扉に背をつけて再び開くことのないよう押さえながら待つこと十分弱、制服ではない木鳥が勢い悪く戻ってきた。扉を開く力が弱々しい。腰も微妙に引けていて、ただでさえある身長差が一層広がる。やれやれと頭を掻きながらも歩き出すと、がんばって隣に並んできた。

「……ん？」

頭の上で階段を上る音が聞こえて見上げたが誰もいなかった。

まぁ上にも人はいるし、誰かが出入りしても不思議ではない。

「駅に行って地下鉄乗って、その後は新幹線にも乗る」

どこへと聞かれる前に行き先を説明する。具体的な地名だけはぼかしたが。

「そんな、遠くに？」と呟いた直後、木鳥の目と口が「あっ」と丸くなる。

「わたし、そんなにお金持ってきてないです」

「俺が出しておくよ」

それが援助交際というものだ。

地下鉄に乗って、大きな駅に出る。それから、これは慣れていないからだけどみどりの窓口を探すことに少し手間取った。探している最中、木鳥のことを少し考える。

新幹線にこだわらなければ、別の交通機関を利用することで費用を安く仕上げることも不可能ではない。けれど日帰りじゃないと困る事情もあるのだろう。ポ○ンガカーチャンの頼りがいありすぎる後ろ姿を思い返しながらみどりの窓口を発見して新幹線の切符を購入する。操作して代金を支払う際、なるほど、確かに中学生にとっては高いよなと納得する。

金と自由に飢えていた自身の中学生の頃を、押しボタンの奥に少し思い出した。

新幹線の行き先で、ある程度の予想はついていたのかもしれない。とはいえ本来、それは俺が知ることはできない情報に基づいての行動であり、半信半疑といったところだろう。段々と口数が少なくなる木鳥を連れて、大いに道に迷いながらも目的地を目指す。

都会の方へ走る新幹線に乗ったはずなのに、降りてから道を歩き続けて気づけば随分と田舎に辿《たど》り着いていた。俺の実家の周辺より更に人家が少なく、畑と山ばかりだ。夏の日に照りつけられた植物の深緑が色鮮やかで、遠くにあってもその独特の匂《にお》いを感じ取れるようだった。

それはいいのだが車も通らない道の真ん中を歩くとき、まったく日影がないのが辛い。

「帽子ぐらいかぶってくればよかった。なあ」

木鳥に意見を求めたが返事はない。目が白黒と忙しく切り替わって、それどころではないようだった。その反応を推測が誤りではなかったことの裏付けと見てとり、ホッと息を吐く。

古風な造りの家を前にして、道中ずっと黙っていた木鳥が俺の方を向き、小さな口を開く。

その目には超常的なものを目の当たりにして疑うような、驚きと不安が内在している。

「神さん、なんで」

「まぁ、ふふふ『神』だからねふふふ、これぐらいはね」

格好つけて言おうにも羞恥が先行して、気持ち悪い笑いが挟まれてしまう。

こういうのをさらりと言えるためには、日々の鍛錬が必要だ。俺もポエムを書こうかな。

「ここに来たかったんだろ、ほら会ってこい」

木鳥の背中を押す。木鳥は胸もとを押さえて息を荒らげながら、踏ん張ってその場に留まる。

胸の痛みを訴えるように、そのまま振り返って困惑した表情を浮かべる。

「きゅ、急すぎて……心の準備が」

「今できた。さぁ行け」

こういうのは感情を整理して対面するものじゃないだろう、多分。

尚、振り向いて動こうとしない木鳥が感極まったような目で俺を見る。

「お金まで、出してくれて」

「いやいや誰が無償だと言った」

「えっ」

ウェイト少女、と首根っこを摑むと木鳥が露骨に警戒する。

このまま素直に行かせたら、格好つけすぎだからな。

「返すものは返してもらうぞ、金以外でも結構だが」

「それって、あの、こ、これがあれ、ですか」

なぜか服の上から脇の肉を摘む。そんな偏った要求をする輩《やから》に思われているのか、俺は。

「すぐにとは言わない」

木鳥の頭に手を載せて、艶《つや》やかな髪を指で梳く。

「もう少し大きくなって、良い女になって法律が許してくれるようになったらでいい」

昨晩から温めておいた台詞《せりふ》を、なんとか噛まないで口にできた。

木鳥が潤んだ目で俺を見上げてくる。その視線は紛れもなく、俺を大人として見ていた。

比内に勝った、西園に勝ったという優越感で笑ってよじれそうな脇腹を殴って自制し、さてそこらへんで待つかと背中を向けると腰の付近を掴まれた。木鳥が物をねだる子供のように、不安な顔で家の方を指す。

「い、一緒に、」

「やだ。一人で会っておいで、きみの父親なんだから」

保護者面をぶら下げて立ち会うわけにもいかないだろう。

そこまではいくらなんでも面倒みきれない。これは援助交際なのだから金しか払わんぞ。

「なんでそこまで、知っているんですか」

「なんとなく分かるのだ。さぁ行け少女」

木鳥の背中を押す。木鳥は家と俺を交互に見て首が忙しいが、足は徐々に門の方へと向かっていく。俺はずっと手を振って、戻ってくるなよと牽制《けんせい》する。

父親という部分は当てずっぽうだったが、まぁ他に該当する相手もいまい。

木鳥が家の門をくぐるのを見届けてから、畑の向こうの山を見やる。ロープウェイの線が遠くの風に揺れているのを眺めながら、飛び跳ねたい気持ちを抑える。すごく、気恥ずかしい。

「いい約束をしたな、ははは。五年後が楽しみだ」

そのときまであのアパートに住んでいることはないだろうけど。

そうなったらむしろ問題だ。

「ひのふの……五年はあり得るのか、留年すれば。いや、したら仕送り止められるよな……」

数えた指を引っ込めて、畑の端に座り込む。背中や髪が日に焼かれて、汗そのものが痛みの粒のように感じられてくると、自分はこんな知らない場所まで来てなにをやっているんだろうと疑問が湧《わ》く。悪くはない気がしながらも、まだ納得しきれていない部分があった。

それは俺が、自分をいいやつだと評価していないからだろう。

それなのに善良ぶっている自分が気に入らない。そんなところだ。

けどそんな自分に言いたい。

女の子の前で格好つけたいと思うのは、構わないだろと。

「ま、つまりだな……」

西園との交遊費（笑）に消えていくよりはかわいい女の子に散財した方が建設的というやつだ。少なくとも俺にはそういう価値観があり、それに準じて行動しただけなのだ。

しゃがみ込んで景色を観察していると、水路で動くものがあった。おぉ、赤い。

「あ、ザリガニ」

「だなぁ……だ？」

背中と頭にかかった影が目の端にまで入り込んでくる。振り向くと、

「うぉおう！」

比内が背後に立っていた。腰に手を当てて、平然と俺を覗き込んでいる。

こっちはびっくりして危うく畑に転げ落ちそうになったというのに、手を差し伸べることもしてくれない。自力で起き上がり、土のついた手を払いながら立ち上がる。

足と膝の裏の力が抜けて、気を抜くとすぐに尻餅《しりもち》をついてしまいそうだった。

腕を組み、胸を張るように背筋を伸ばした比内が額を汗交じりにして俺を見上げている。

まさか、田舎で偶然発見したそっくりさんということはあるまい。

「なんでいるんだ、あんた」

「後をつけてきたからに決まっているでしょう」

堂々と言ってくれる。しかし新幹線に気軽に乗る金を出せるのか、この女。

ひょっとして、お嬢様？　それなら働かない社会人というのも納得だった。

「変態野郎が淫《みだ》らな行為に及ぶのを防ごうと後をつけてみたけど、随分な田舎ね」

「盗み聞き野郎はここにもいたか……あ、いえ。結構な耳をお持ちで」

比内が指を立てて構えだしたので言葉を引っ込める。

くそ、女だからという理由で殴れないし扉にも挟めない。卑怯《ひきょう》だ。

「ちなみに一番の理由を言うと、暇だったからよ」

「だと思った」

部屋に籠もって筋トレしていればいいのに。いいぞ、あれは。成長は心の栄養だ。

比内と一緒に、木鳥父邸（仮）を眺める。さすがに傍から見て感じるほどの仰天変化はないが、今頃は感動の再会みたいなものに包まれている、のかもしれない。よく分からないが。

「そもそもあの中学生はなに？」

「ただのご近所さん」

比内の質問に敢《あ》えて素っ気なく答える。他にろくな返事が思いつかなかった。

「ただの中学生を相手にするにしては、随分親切じゃない」

トゲか針でも刺すような指摘に、少し喉が詰まる。

確かに過剰な振る舞いだが、親切という表現は不適切だ。

「いやまぁ……年下の前で格好つけたかっただけだよ」

神のゴミ箱があり、あの捨てられたメモが俺に届き。そしてその出所が判明したあの流れを運命とするのなら、そこに乗ってみるのも悪くはないというだけだった。なにしろ今は暑い。

ともすれば洪水のように感じられる運命の濁流《だくりゅう》に翻弄《ほんろう》されてでも、涼みたかった。

「見直したわ。ただのロリコンじゃなくて財力のあるロリコンなのね」

「人聞きが悪くなりそうな言い方はやめろ」

一々皮肉めいた物言いしかできないのか、この女は。

そういう批難を込めて睨んでみたが、比内はまったく意に介さない。

「ところで、こんなところで待っているけど。何時間も話し込んだらどうする気なの」

「……水路にでも飛び込もうかな」

「ばかばかしい」と比内がぼやく。別にお前は帰っていいのに、と思うが黙っておいた。

「秘密兵器登場」と呟きながら比内が鞄からアイスのカップを取り出す。新幹線の車内販売で買ったのだろうか、いいなぁ。暑さで頭がどうにかなりそうなところにそれは反則だ。

「一口くれ」

「嫌よ」

突っぱねられた。かぱっとカップの蓋《ふた》が外れて、涼やかな白い煙があがる。

ちょっと誠意が足りなかったかな、と丁寧にお願いしてみる。

「ください」

「嫌です」

丁重に断られた。ぱくぱくとアイスを口に運び、「あーおいし」と勝ち誇ってくる。むぅ。

「……私の夢《ずつとさき》は雨に似ている。落ちて落ちて、この手に留まることなく」

ぐわっと目を見開いた比内がくわっと猛禽類《もうきんるい》のように構えた手を携《たずさ》えて飛びかかってきた。

なにおぅ、と応戦する。田舎の道のど真ん中で取っ組み合いでもするように。比内はアイスのカップを唇でくわえて、全体として顔が歪んだまま「ふぎふぎ！」となにか叫ぶ。

一方のこちらも流れる汗が目に入って絶叫しながら、それでも一歩も引かない。

なぜこの女とはこういう状況にばかり陥るのだろう。

こういう場合、どちらに問題があるというのか。

そうして奇怪な叫び声を聞きつけてやってきたらしい。

様子を窺いに来たように姿を見せた木鳥が、いつの間にか現れた女の存在も含めて大きな質問をぶつけてくる。

「あの……なにをしてらっしゃるんですか？」

「にゃにって、」

お互いの髪を摑んで「いたいいたいいたい」と泣き言漏らしまくりな俺たちを、

「見て分からないか？」

聞かれた木鳥は『分かりません』とその目で訴えかけてきたが、やがてそれを氷解させたように目を丸く開き、口もとと頰を緩める。笑うところか？ とこちらが疑問を抱いた直後。

「楽しそうな人たちってことは、分かりました」

そう言って木鳥の浮かべた柔らかい微笑みは、少なくとも俺が手を引っ込めて大人ぶろうとするには十分すぎる無垢さがあった。同時に、援助交際というものがこの世に存在して、それが違法であったとしてもこの世界のどこかで今も行われているであろうことを、少し理解できた。

「ふぎー、ふぎー」

そして比内はまったく引く気配がない。空気を読め、空気を。


こうして、俺の貯金は少し失われることとなった。

懐は寒くなったが、俺の内宇宙的なアレには程良い律動がある。

金は減るが、心は満たされる。

清く正しい援助交際だった。

二章(後)

『実は三章でもよかったと思う』

「カモシカって見たことある？」

「読んだことあるわ」

「そのかもしかじゃなくて」

知っているならそちらの話でもいいのだけど、話題を戻すことにした。

田んぼと道路を区切るように流れている用水路の縁にしゃがみ込んで、ザリガニを観察していると首や額が霧吹きでもかけられたように、汗で湿ってくる。かかる日差しも、鼻をつつくような熱気もすべてが夏を指し示す。もう半年か一年くらい夏が続いている気もした。

色々あって女子中学生相手に格好つけた結果、郊外の田舎にやってきていた。周りに民家が少ないので見晴らしが良い。風も建物にぶつかってジグザグな軌道を描くことがなく、真っ直ぐに吹き抜けてくるので気持ちはいい。田んぼの多い景観とあわせて、緑風というところか。

その風が吹く方角にわざわざ陣取って嫌がらせする女が、隣にいるけど。

ちなみにどちらの手にも、捕まえたザリガニが構えられている。さっきまで『いけ、はさめ！』『クラブハンマーだ！』『噛み砕け！』と散々無茶ぶりをしていた。付き合わされるザリガニも大変である。

「カモシカのような美脚っていうけど、あいつそんなに足が綺麗なのかな」

ということを、比内の足を見ていて考えた。性格と裏腹にこいつの足は綺麗なものだ。足もとがラフなサンダルなので指先までじっくり見ることができる。でも夏だしなんだかんだ汗とか溜まっているんだろうなぁと想像したら、あまり興味がなくなってしまった。

「知らないけど、なんとなく細いイメージね」

「細そうだな」

「アイス買ってきて」

「やだ」

よく飽きないなぁと自分に呆れるが比内と「うきょー」だの「あひゃー」だの「しゃきーん！」だのいい歳してザリガニ同士で牽制しあっていると、「あの、いいですか」と控えめな調子で声をかけられて振り向く。制服姿の木鳥が微妙な顔で立っていた。半笑いに似ているが、もう少し気まずそうだ。こっちも少々辛い。

さっき戻ってきて、家に入って、そしてまた戻ってきたようだ。随分と慌《あわただ》しいことである。女子中学生で、下の名前は木鳥。上は知らない。おかっぱ風に揃えた髪が跳ねるように揺れる。鼻も目もとも小ぶりで、あぁ子供だなぁと思わせる顔立ちだ。

「なに？」

鼻先を狙うザリガニのハサミを避けながら木鳥に尋ねる。比内の方が『私話しかけられてねーし』とばかりに攻撃の手を休めないので、木鳥にばかり構っていられないのが困る。一進一退の攻防が続く中、木鳥が一向に用件を切り出さないので再び隙を縫《ぬ》って振り向く。木鳥は不思議そうに広げた瞳で、俺たちの様子を眺めていた。

「なん、です、かー？」

「あ、いえお二人が仲良しとは……仲良しなんですか？」

お互いのザリガニを戦わせている姿になにか色々と疑問を持ったらしい。

「どう見える？」

「うーん……ええと、んー……」

横の髪を弄りながら、木鳥が大いに悩ましそうに眉根を寄せる。そんなに難題だろうか。……なるほど、本音を言いづらいとみた。『馬鹿な大人』に見えるとか言いたいが、言ったら怒られそうだからな。悪い質問をしてしまったようだ。

「いや今のはいい、忘れて。それで、どうした」

せっかく来たのだから俺たちなど放っておいて父親の側にいればいいのに。

促されてようやく、木鳥が柔らかそうな唇をキレ悪く、まごまごと動かす。

「わたしのおとう、さんに話をしたら、ぜひ挨拶したいって言うので」

「あ、そういうのか。いや今、ザリガニ勝負しているから」

勝負の最中に背中を見せるわけにはいかない。ザリガニくんと一緒にハサミ、もとい右手を振って辞退したら、木鳥が背中を摘んで引っ張ってきた。「ぜひ、ぜひ」と案外力強く俺を牽引《けんいん》してくる。こうなると抵抗もできず、大人しく連れ込まれるほかなかった。下着だのなんだのを買ってくれとか言ってきた娘の父にどの面《つら》で会えばいいんだ。そしてなぜか呼ばれていない比内もついてくる。しかし追い返そうとしていると一向に前へ進めない気がするので、やむなくそのまま木鳥父の家にお邪魔することにした。でも比内と俺の両手にはそれぞれ捕まえたザリガニがいて、しゃきんとハサミを構えているわけで。恩人（ザリガニ添え）とか、俺なら嫌だなぁ。腕がずぶ濡れでちょっと生臭いし。

渋々ながら家の敷地を覗くと、木鳥の父と思《おぼ》しき男性が表まで出てきていた。表現として適切な気はしないが、第一印象では普通の人である。髪は切り揃えて、フレームが若干厚ぼったい眼鏡をかけて、目の下に少しのクマがあって。俺のよく知る大人であり、あの肩幅のたくましいお母ちゃんと比べて細く、薄い。母君が雪崩《なだれ》なら、父君は水溜まりに張った薄い氷だ。

足して二で割っても『コレ』になるかなぁと、脇の女子中学生を見て訝《いぶか》しむ。その木鳥は照れくさそうに何度も俯いては顔をあげて、と落ち着きがない。詳しい事情を未《いま》だ聞いていないが、実の父と対面するのは久しぶり、ぐらいの時間は空いていそうだ。

その木鳥父が腰を直角に折るようにして、丁寧に頭を下げてきた。

大人にこんな風に頭を下げられるなんて初めての経験で、少し戸惑う。

「この度は、娘がお世話になったようで」

「いやぁははは、あ、こっちはなんにもしていないので」

比内にまで頭を下げては下げ損でしょうと、親切を働かせる。「いえいえそんな」と意味の分からん切り返しをする比内が俺を肩で押しのけようとしてきた。なに手柄を取ろうとしているんだ、この女。しかしさすがにここでやり返して醜い小競り合いを始めるわけにもいかないので、肩を押し付けあうだけに留めた。

狭苦しい空間にいるわけでもないのに、実に窮屈そうに肩肘張っている俺たちを見て木鳥父はなにを思うだろう。そしてザリガニを手放そうとしないことにも。

頭を上げた木鳥父の目が動揺気味に動くのを感じながらも、表向きはどちらもにこやかな雰囲気に徹する。こういう大人のやり取りは不慣れで、苦手だった。

「木鳥と同じアパートの方だとか」

「ええ、はい。こちらの方が新参者で、色々とお世話になっています」

我ながら優等生な返事になる。木鳥はともかく隣の女がなにか言いそうだと警戒していたら俺を押しのけるように一歩、前に出てきた。勿論、ザリガニはそのままだ。

「この男、やたらにゴミ出しが多くて。無駄の多い暮らしなんでしょうねぇ」

はははは。などとなにを朗《ほが》らかに会話に参加して、俺を貶《おとし》めているのだ。ゴミ捨ての回数が多いのは一体誰のせいだと思っている。ははは、と木鳥父が形ばかりの愛想笑いで応える。しかもそこで会話が途切れる。なんて空気の読めないやつだ。

ここはなんとなく、俺が後を引き継ぐしかない。そう思った。

「あーそのー、娘さんとは別に暮らして、いるんスねぇ」

俺は俺で、切り込んでいい話題だったのだろうかと言った直後に後悔する。焦りすぎてとりあえず思いついたことを口にしてしまった。木鳥父が苦いものをかじったように頬を曲げて、渋い表情となる。

「相手も若かったし、こちらも若かった。そういうことです」

木鳥父が言葉少なに語る。控えめな表現だ。失敗とか過ちとは言えないか。その結果として娘がいるものな、と頭に手を載せる。が、もっとも俺はザリガニを持っているので「わひゃひひゃ！」と木鳥が逃げて飛び跳ねる羽目になったけれど。どうやら頭皮の上でもぞっとザリガニの足が動くのはお気に召さないらしい。想像してみたら俺も結構嫌だった。うむいけないな、と形ばかりの反省をする。

「あの、今日はわたし、泊まっていけって言われていて……」

木鳥が気まずい空気を払拭するように、間に入ってくる。その木鳥に応えるべく目を動かした際、家の奥を目の端で捉える。注意がそちらへと大きく傾いた。

「よかったら神さんたちも……」

玄関の戸を僅かに開けて、男の子がこちらの様子を窺っていた。まだ小学校に進級しているか否かという感じで、この場合は木鳥の弟に当たるのだろうか。目があってしまい、男の子が怯えたように左右に揺れる。すぐに目を逸らした。

「神さん？」

「ん、あぁ、そうだな……」

俺の行いが本当に善行であるとは、このちょっと複雑な社会では限らない。

投じた一石の起こす波紋がどんな形を描くのか。

大人は色々複雑だなぁ、と思いました。

泊まっていくかというお誘いは丁重にお断りしておいた。変に気を遣われるのも辛いし長話するとうっかり、『お宅の娘さんに下着を売りつけられるところでしたよははは一』などと世迷いごとの如く飛び出しかねない。

ここは帰るのが賢明だ。

それとこちらはどうでもいいが、比内も帰るつもりらしい。なにをしにやってきたかも分かっていないやつなので、帰るのにも大して理由はないのだろう。

「少し待ちなさい」

帰り際、その比内が命令してくる。なぜこいつの命令を、と思いつつも足が自然に止まる。そのまま見ていると、比内が捕まえていたザリガニを元いた場所に放した。手ぶらになった比内が振り返り、無表情で素っ気なく言う。

「家族がいるかもしれないわ」

その意見は珍しく、なるほどと思わせて。右に倣えも悪くないと、ザリガニを帰した。

アパートに帰ってから二日が経っていた。その間、特に変わったこともなく俺は部屋の中で寝転がり、無益にピコピコやっていた。扇風機の回る音と、チープな電子音が重なると自分がこの部屋と共に、何十年前の夏に引き戻されるような錯覚さえ味わう。

以前のことだが、大陸系のセールスマンがカタコトの日本語で文房具その他を売り込みに来たことがある。鉛筆やら定規やら分度器やらと大学生に必要なものかと疑う商品がセットになっていて、断ろうとしたらオマケにこれつけますからと差し出してきたのが、俺が今遊んでいるゲーム機なのである。全部で千円と言うから、とりあえず買ってみることにしたのだ。

内容はゲーム＆ウオッチの海賊版で、液晶の表示が普通のものよりずっと薄い。形はクリームパンのようになっていて握りやすいのだが、効果音が骨に響くレベルで甲高い。しかも音量調節などというフレンドリーな機能はオミットされているらしく、どこをどう弄っても音量を変えることはできなかった。気を抜いているとその音でびくっと驚く羽目になるのはどうにかしてほしい。ぴりりぽろろぴりりおんじゃないっての。

あと、ゲームオーバーの度に『俺はなにをやっているんだろう』と冷めるのもなんとかしてくれないだろうか。そうして、横になりすぎて頭の痛くなってきた昼下がりだった。

外から、控えめに扉をノックするやつが現れたのは。

「神さん、いらっしゃいますか？」

いらっしゃいますが。木鳥の声だ。ゲーム機を放り出して玄関に向かう。床から離れた背中とシャツの間を、汗がじっとりと埋めていて不愉快だった。

玄関でサンダルを履いたところで、鍵がかかっていないことを思い出す。「はいどうぞ」と促すと、木鳥が扉を開けて「わっ」と小さく驚く。開けてすぐ目の前に野暮ったい髪の男が突っ立っていればそりゃあびっくりだろう。そろそろ髪を切りに行こうかな、と垂れていた前髪を摘む。二階の髪切り男に切ってもらえれば床屋代が浮くのだが、仲良くないのが問題だ。

「こんにちは」

「ちわス。もう帰ってきていたのか」

「あ、はい。その件は本当にありがとうございました」

木鳥がぺこりと頭を下げる。しかしその頭が上がったとき、浮かない顔を見せたのは見間違いではなかっただろう。父の家で色々とあったのかもしれない。

俺に関係ないことではあるので、殊更《ことさら》、首を突っ込みはしないけれど。

今日の木鳥はママンのシャツを着て、大きく余っている脇を絞るように結んで調節している。そのせいで身体にシャツが張りつき、控えめながら膨らむ胸もとを強調することになっている。本人は意識していないようだが、なんだか少しゾクッときた。

それとなにが入っているか定かじゃないが、少し大きめの段ボール箱を抱えている。見覚えあるなと思っていたら、近所のスーパーの名前が表に記されていた。

「あ、寝てましたか？」

「いや別に。あぁ、寝癖か。気にしない」

左側の撥《は》ね上がった髪を手で押さえつける。朝より派手に盛っていた。

「そこじゃなくて顔の跡とかよだれとか……あ、いえなんでもないです」

「暇で仕方ないから、ゴロゴロしていただけだよ」

ポエムの新作も届かず、やってくるのは不毛なゴミばかりだ。

つくづく、軽率な行動に出た自分を悔やむ。

「で、今日はどうしたの」

「この間、お世話になったので。その、お礼をしたくて」

「お礼」

かわいい木鳥ちゃんのお礼。

目を泳がせて、ハッとする。

「パンツならいらないよ！」

ほしいけどほしくないよ！

「違います！」

木鳥が唇と耳を真っ赤にしながら睨んでくる。『しつこいなこの野郎』とその目が訴えているので、そういう弄りは控えることにした。でも言っておかないとなぁ。

隣で聞き耳を立てているであろうアホにポエムマン↓援交マン↓パンツマンと三段階変身を騒がれてしまう。どれも違った方向に最悪一直線である。俺は俺なのに。

「だからその、これをどうぞ！」

木鳥が赤面もそのままに、抱えていた段ボール箱を押し出してくる。

胸でそれを受け止めながら、「なにこれ」と尋ねてみた。

「スーパーのくじで二等賞を当てたので、ええと、どうぞ」

「はぁ」

とりあえず受け取る。抱え持ってから、箱の中を覗いてみた。

中には炭に金網、チャッカマンに肉、野菜の詰め合わせ。トングも入っている。いわゆるこれは、バーベキューセットというやつだろうか。

「生ものが混ざっているので、すぐに持ってきました」

「そのお気遣いはありがたいが……」

一人で川原でも行ってバーベキューしてこいというのか。それはお礼じゃなくて少し罰ゲーム入っているぞ。くじ引きをやっていたのは知っている、三等が砂糖一kgだったはずだ。ろくに自炊しない人間としては砂糖とバーベキュー、どちらが使い道あるのだろう。

貰った手前、部屋の隅で埃《ほこり》を被《かぶ》らせるのも少々もったいない。「んー……」と、木鳥の向こう、奥へと眩しさを感じながらも目をやる。水はけの悪い、痩《や》せた土地には雑草すらあまり生えていない。大家が草むしりを怠ってもハゲが目立つ程度の地面は、血色の悪い肌みたいだった。

「あー……じゃあ、今日やるか」

わざわざ川原まで行かなくてもちゃんと草を抜いてしまえば、引火の心配もないだろう。誰が抜くのかというと、俺しかいないのだけど。外は今日も蝉と太陽で埋め尽くされたように、暑く、焦《こ》げて、騒々しい。音と熱が渦を巻いて、外に一歩出れば呑みこまれそうだ。

「え？　まさか、今からですか？」

呟きを聞いていた木鳥が驚く。木鳥としては『お友達の方々と』という感覚で渡したのだろう。それをいきなり思い立ったが吉日のごとしときて、そりゃ驚くはずだ。

「いや今は暑いし、夕方になってから。準備はするけどね、色々」

受け取った箱を持って引っ込む。中の野菜と肉だけ冷蔵庫に入れた後、一旦《いったん》、箱も置いた。屈んでそのまま部屋の中を動き回り、草むしりのために軍手をはめる。ゴミ箱の中身を検分する際に使っている軍手をそのまま流用することにした。さすがの俺も得体の知れないゴミなんて素手で掻き分けたくない。嫌だろ、虫の死骸《しがい》とかくるんだティッシュに直接触れるのは。

草の背丈が高いわけでもないので、長袖《ながそで》は不要だろう。後は首にタオルだけかけてから玄関に戻った。木鳥がまだいたので、「ありがとうな」と肩を叩いてからすれ違う。

極力、草の生えていない場所を選んでから屈み、近場の草を引き抜く。痩せた土地で健気に生えて育とうとしているところを引っこ抜くのは忍びないが、火がつけばこちらに牙を剥くことになる。刃物だって自発的に人を襲うことはないが、偶然でも肌を裂くことはある。

ようするに、臆病なので仕方ないというわけだ。

いきなり草むしりを始めた男を、木鳥が一定の距離を保ちながら覗き込んでくる。

「ここでやるんですか？」

「そう。外に行くのなんてめんどい」

実家なら歩いて五分で川まで行けるが、この近くに川原なんてものはない。まさか休講中とはいえ、大学の中へ勝手に持ち込んでバーベキューというわけにもいかないだろう。

「どうせ、他にやることもないし。汗かいて肉を焼くのも悪くないさ」

汗をかくというのはいい。前に進んでいなくても充実感を味わえる。筋トレに傾倒していた冬を思い出して、ついでに別れた彼女まで記憶が巡り、なんだかなーという気持ちになる。

彼女とのことを、もし、昔に戻ってやり直せたら……と考えたことは一度もない。後悔があれば一度は想像しそうなそれに行き着かないのは、やり直し方が分からないからというのが本音なんだろう。よくある、過去であれをこれしないと彼女が死んでしまう！　防ぐぜ！　とかいう分かりやすい指針がなくて、改善すべき点というものがお互いにいくつもあるから、どうしようもない。俺も悪いし、彼女も悪い。そりゃあ、うまくいくはずもなかった。

などと若干ノスタルジーにでも浸るように回顧していると、木鳥が隣に屈むのが見えた。寝ぼけているように「ほげ」とマヌケに反応していると、木鳥が草を掴む。

「お手伝いします」

下りてくる横の髪を押さえながら、木鳥が小さく頭を下げた。

暑さに紛れてやってきた嫌なものを、よいものが掠め取るように拭き取ってくれる。

思わず、口もとが緩んだ。

「きみって、いいやつだな」

「そんなことないですよ、いやほんと」

そう言って手を横に振る木鳥の髪が左右に跳ねる。見ていて、黒いなと思った。

「ちょっと待ってろ」

部屋に走って戻る。そんなものあっただろうかと疑問だったが、探していると服の隙間から野球帽が出てきた。地域色丸出しに中日の帽子だった。いつ買ったのか忘れたが、洗ってから一度も使っていないのは確かだ。あとは軍手こそないが、冬用の手袋……あった。それを持って戻り、木鳥の頭にかぶせる。日射病にでもなったら木鳥ママンに申し訳がない。そして俺が酷使マンになってしまう。

既に少し熱を帯びた木鳥の柔らかい髪を楽しんだ後、指を離す。木鳥はかぶされた帽子のツバを手で撫でた後、「ありがとうございます」とうっすら、微笑む。それは一目見た瞬間、あ、いつもと違うなと思わせるものがあった。今までは礼儀や愛想で整えて、表面上に過ぎなかったものを今は隠さず、こちらに晒しているような。少し心を許すような無防備な表情はその手の嗜好《しこう》、つまり中学生とか好きなやつにはたまらない笑顔だった。

「神さんこそ、『いいひと』ですね」

「いやそんな……まー、普通かな？」

俺は違うので助かった。そういうことにして、頬を掻き、目を逸らした。

むしっている最中、通りかかった大家に「感心、ブキミ」と歌うように評価されたが別に善意からこんなことやっているわけじゃない。じゃあなんのためだというと、暇つぶしのためだった。どうせ手入れするならトウモロコシ畑を野球場にするぐらいの大規模なものを手がけたいのだが、そんな土地は俺にない。ついでに言うなら時間と根性も欠けている。

「少し今更なことなんですけど」

引っこ抜いた草で小高い山を整えながら、木鳥がこちらの反応を窺ってくる。

手を休めないまま「はい」と頷くと、それを見てから、木鳥が俯きがちに言う。

「なんで、神さんが知っているんだろうって」

「なんの話？」

「お父さんのこと。住所まで知っていたので」

木鳥がちらりちらりと、俺の様子を確かめてくる。

「あぁ、それね……」

まずいな。迂闊な態度を取ると『他人様のゴミ箱を漁る変態さん』と誤解されかねない。俺はそんなことしていない。来たゴミは漁るけど、直接はやっていない。どう説明するべきか悩み、正直に白状してしまうかとも考える。しかし、でもなぁとどこか勿体《もったい》なく感じて。

「大人には色々ある」

「はぁ」

かなりの力業ながら木鳥が黙る。「色々なんだよ」と念押ししてからこっちも俯いた。

しかし詳細に説明しても、『頭茹だっちゃったのかな』とか思われそうだし。

今更だが、ゴミしか運んでこないとは悲しいゴミ箱だ。仕事熱心すぎる。

それからは無言で草抜きに従事していると、二階の床屋男（仮）が帰ってきて、こちらを一瞥する。好男子ともいうべき、俺からすれば面長の男にすぎないが鼻の形は綺麗だなと感じる。磨かれている、という感想だ。女はそういうところに惚れ込むのだろうか。

木鳥がしゃがんだまま一礼すると、床屋男が「うん」と曖昧に頷いて去って行った。知り合いだったのか。床屋男が二階の部屋にいなくなってから木鳥を見ると、説明してくれた。

「柳生《やぎゅう》さんっていうんです。たまに話しかけてくれるんですが、結構優しい感じです」

なんだロリコンか。それとも単に、女には見境なくいい顔をしたがるだけか。分かるねぇ。やっぱり女の子には優しくしたくなるよ。比内は子じゃないから論外だ。

「よく女性を連れて帰ってきます」

「そーね」

「……ええと。羨ましいんでしょうか、やっぱり」

なぜ若干気まずそうに聞く。……そういえば彼女と別れた話もしたことがあったか。

「そりゃあ大変に羨ましい。でも、いたらめんどくせーなー、とも感じるだろうね」

少なくとも今は。過剰に気を遣って、自分を疎《おろそ》かにして思わぬ躓《つまず》き方をしてしまいそうだ。

こういうことから、触れ合いに臆病になるのだろうか。それはともすると、大人になるということと混同しかねない手の引っ込め方で。理解しつつも、どうにもできそうになかった。

ヤギか牛でも来てむしゃむしゃしてくれないかなーと想像しつつ、炎天下でひたすら草を抜き続けて、腰と膝が痺《しび》れてきたあたりで「もういいかな」と終わりを宣言した。あまり木鳥を働かせ続けるのもよくないと思い、立ち上がらせる。どちらも既に汗だくだった。

抜き終えた草の山を一旦そのままにして、木鳥を連れて部屋に引っ込む。常備しているものが麦茶とふりかけぐらいしかない部屋というのもどうなんだと我が身を振り返りつつ、二つのコップに麦茶を注いだ。「お疲れ」と木鳥にコップを差し出す。玄関先で座り込んでいる木鳥が嬉《うれ》しそうにそれを受け取り、頬をほころばせた。うーん、あれだね。中学生とか区切るとあれだけど年齢にすれば……この子、何年生だったかな。13、14、15のどれかは間違いない。十代前半と聞くと問題の匂いはする。しかし俺と五つ、六つしか離れていないわけで……俺は一体、なにを理屈こねて納得しようとしているんだ。いかんいかん。確かにこの子はかわいいかもしれないが、十年、二十年後にママン化すると思えば、夢は儚いものじゃないか。

「神さん？」

「人間ってなんで老いるんだろうね」

世の無常を嘆く。帽子を脱いだ木鳥が小首を傾げつつも、自分なりの答えを返してくる。

「わたしは早く、もう少し大人になってアルバイトがしたいです」

微妙に受け答えがズレていなくもないが、なるほど若いな、と目を細める。

「そうすれば、神さんの言う色々が分かるんでしょうか」

「さぁて」とまたごまかす。絶対わかんねーよ、と本音は伝えづらかった。

「俺は永遠の大学生でいたいよ」

こんなに時間の自由が許される期間は、もう訪れないだろうから。

お茶を飲んで噴き出す汗も落ち着いてから、外へ出てむしった草を片づける。ゴミ袋に収めたそれの口を縛って、さて、と肩を回す。雲が傾いた光を受けて、黄ばんだようにその白さを失いつつある。草むしりに随分と時間がかかって、これから準備を始めて丁度よい時間になってしまった。昼飯を食べていないことを今更のように気づいてから、振り返る。

バーベキューで二人というのも寂しかろう。どうせ草までむしって、汗まみれになったのだから慎ましく終わるのではなく、もう少し巻き込んで派手にやろうじゃないか。

そう決めて、アパートの二階を向けば足は自然に動き出していた。

「というわけできみが火をつける担当になったから」

「は?」

非常に迷惑そうな顔で出てきた比内の表情が更に歪む。僅かに開いた扉と壁に手を突き身を乗り出すようにしている様は、封印中の妖怪が顔を覗かせてくるようでもある。なににつけても一々怪物じみているのはどうにかならないのだろうか。後ろに控える木鳥も若干引いている。

「お前、火をつけるのとか得意だろ」

人の部屋を放火しようとしたぐらいだし。あと情熱の塊が赤く紅く燃えるのとかよくあるし、主にこいつのポエムで。

「ボーイ大人をからかっちゃいけないよ」

隙間から足をひょこひょこ振って俺を追い返そうとしてくる。お前がからかってい
るのかと言いたくなるふざけた挙動だった。その足も『外暑い』とばかりにすぐ引っ
込む。

「嫌よそんな暑苦しいの」

さっさと扉を閉じてしまう。案外こういうのには乗ってくるかと思ったのに。

「勧誘に失敗した」

「しましたね。……あの、帰ってきたらお母さんも誘いましょうか」

「うーん……つかぬことを聞くけど、きみの家って調理担当はどっち？」

「お母さんです」

「是非誘おう」

肉の味付けだって俺では満足にできない。ふりかけ（焼き肉味）で済ませかねない。

他の部屋の連中とはさして親しくもないので寄らず、一階に下りる。西園は勿論誘
わない。やつのことだから、勝手に来るだろうと確信していた。

冷蔵庫に押し込んでいた野菜やらを引っ張り出して、木鳥と役割分担をすることに

した。

「野菜と肉を切ってくれる？　できる？　よな」

「それぐらいはなんとか」

木鳥が意気込みながら野菜と肉を受け取る。それから俺の部屋の流しとお粗末な包丁を一瞥して、「わたしの部屋で切ってきます」と言った。うむ、それが正しい。

木鳥が部屋に戻った後、俺は火をつける準備に取りかかることにした。箱の中には火消し用の壺《つぼ》に、蓋のついたグリル。あとは底を漁ったらジェル状の着火剤が出てきた。こいつで炭に火をつけろということだろう。やったことがないので少々不安だが、こういうのはなんとなくどうにかなるものだ。俺が今までいい加減に出席して暗い気持ちで受けてきた講義試験も、今のところ一つも単位を落としていないように。

道具を抱えて庭に戻る。そしてグリルを組み立てていると、二階から比内が下りてきた。格好は部屋にいたときのそれと同じだが、緑色の日傘を手にしていた。通りすぎるかと思ったらふんぞり返るような勢いで止まる。

「手際悪いわね」

「うるさいよ、なにしに来たんだ」

「手際が悪いと注意しに来たのよ」

いわば現場監督ね、と意味の分からないことを言いながら日傘を差す。ようするに、単に暇だったから見に来てみただけだろう。作業を続けようとするが、視線が気になる。

「どうせ見ているなら手伝えよ」

「手が汚れるから嫌よ。でも肉は食べます」

ふてぶてしくも顔色一つ変えずに言ってのける比内に、作業の手が止まる。はよ、はよと腕を振って催促《さいそく》するバカ女に詰め寄り、その鼻っ面に指を突きつける。

「そんなワガママが通ると思っているのか」

「通る」

深々と頷いてくる。呆れてものも言えないでいると、「とぉーる」と念を押すように繰り返してきた。見ていると反論するのもばかばかしくなり、指を引っ込める。しかしその後に勝ち誇ったように唇の端を曲げてきたので、今度は胸ぐらを摑みたくなった。が、女なので我慢する。

「ところであなた、急になにやっているの？　ゴミ焼却所でも作るの？」

傘をくるくる回しながら比内が薄笑いを浮かべる。傘の上を影と光が転がるように駆けるのを眺めながら、炭を摑んで比内に見せつけた。

「木鳥……あの女の子がお礼にって持ってきたんだ。後回しにして埃を被るよりは貰った日に使った方がいいだろ。でも遠くに行くのは面倒なので、ここでやることにした」

「怠惰ね。怠《なま》けると相応に手痛い返しがあるものよ」

手伝いもせずに夕飯を待っているお前が言えたことか。もういい、放っておく。

炭の火のつけ方、というものが炭の入っていた袋に簡素ながら付属していたのでありがたい。それを読んでいると、比内が側までやってきていた。傘の色が目に飛び込んできてそれに気づく。今度はなんだとしかめっ面で出迎えてやると、比内の左右非対称の瞳が俺を見据える。

「あなた……えぇと名前はそう、太助だったわね」

「喜助だよ。わざと間違えるな」

「あなた、結構背筋あるのね」

比内が背中を撫でてくる。その手つきにぞくりと背筋が伸びる。比内はその直後に、シャツが汗で濡れていることに気づいて「ばっちい」と手を引っ込めた。正直な性格だなぁ、おい。

「これは運動サークル的なアレ？」

「違う。一時期、個人でムダなほど鍛えていた」

「あらそう」

比内があっさりと引く。本当にムダねとでも痛烈な感想を浴びせてくるかと構えていたが拍子抜けである。そのままうろうろと、草のない地面を歩き回る比内を見ていて、聞かずにはいられなくなる。俺や木鳥は夏休みだが、本来、今日は平日である。

つまり。

「あんた、仕事とか行かなくていいのか?」

少し嫌みな質問をしてみる。が、涼しい顔で傘をくるくる回して流された。

そんな一言には動じない程度に、働かないことに慣れているらしい。

なんという堕落した大人だ。

「…………………………」

実に羨ましかった。

こういうのは発起人がどうこうするものかもしれないが、そもそも発起した覚えはない。それなのにいつの間にかアパート住人が全員揃って庭に出て、椅子《いす》まで持ち寄ってバーベキューの火を囲んでいた。誘ったのは木鳥のママンだけだったのに、西園もいるし、柳生という床屋男も、それから隣の部屋のワカメ男もいる。大家まで出張ってきていた。

炭の隙間を埋めるように輝くオレンジ色は、眺めているとホッとする。森の奥を覗くような薄暗い炭の山の中で、明るい光が絶えず灯っているとこちらの瞳まで明るくなるようだ。

日が沈みつつあるとはいえ夏の夕方は風が眠るように止まり、腕を振れば、そこに留まる空気に肌が包まれる。紫色の空の遠くで、夕暮れが塗りかけのペンキみたいに淡く染めている。郷愁めいたなにかに心が揺さぶられて、目と心が遠くへ羽ばたくようだった。

正直、準備するだけで疲労困憊《こんぱい》となり、そのまま明日まで眠りたいほどだった。

「肉焼けた？」

「ちょっとは野菜も食えよ」

催促する比内の皿にタマネギを置いてやる。皿の真ん中に載ったタマネギを一瞥した後、比内が再び皿を突き出してくる。

「お肉が焼けたかと聞いています」

「はいはいどーぞお嬢様」

肉も載せる。俺を含めて七、八人が参加しているのでセットの肉だけでは到底足りず、買い足した。俺の自腹で。なぜ俺が、と思うが成り行きと勢いはその方向へ邁進《まいしん》していた。

木鳥の件といい、散財しすぎだ。貯金が潤沢というわけでもないのだが。

夏休みの空いた時間でバイトも考えているところだった。

「ではご褒美を、ほーらあーん」

最初に載せたタマネギを俺の口もとに押しつけてくる。こいつは、と思いつつも焼き番を担当してなにも食べていないので、黙ってタマネギに噛みついた。タレもつけていない、焼いただけのタマネギは独特の辛さと、ネギ臭さを口に溢れさせる。正直、そんなに好きじゃない。

しかしなにも食べていないと、喉を固形物が通る感覚すら新鮮だった。

始まってからずっと肉と野菜をひっくり返している。代わってくれと言いたくとも、西園は『ぼくしらんもーん』と逃げるし比内など涼やかに無視してくる。木鳥ならやってくれるだろうが、なんだか時折難しい顔をしているのでまぁ放っておいてやろうという気分になる。

となると、俺がやるしかなかった。ぱちんぱちんおーいえー、とトングを鳴らして投げやりかつご機嫌になっていると、人影が迫ってきた。なんだ、と顔をあげると男前がいた。

「代わろうか？」

床屋男こと、柳生が親切を働かせてきた。柳生。剣豪しか連想できない名字だ。だが時代がかった名前なら俺も負けていない。そもそも競っていないけど。言葉に甘えて席を譲り、トングを渡す。柳生はトングをぱちん、ぱちんと二回ほど挟んで鳴らした後、俺を見上げる。

「きみ……あなた……悪い、歳幾つ？」

柳生が年齢を尋ねてきた。歳が分からないとどういった態度を取るか決めづらいのだろう。

声を聞く機会もあまりなかったが、俺よりずっと低い。地面すれすれを飛ぶ印象だ。

「二十歳《はたち》だけど」

「年下か。そうだとは思ったけど」

そちらの方が話しやすいのか、柳生の顔に安堵《あんど》のようなものが混じる。また、手持ちぶさたのようにトングを二回ほど鳴らして、そうした間を挟んだ後に柳生が俺に問う。

「きみ、ゴミ出しが多いよな」

柳生の探るような細い目つきとあわせて、内心、心臓が跳ねる。

声まで跳ねないようにと気を遣うのは存外に難しいものだった。

「それがどうかしたか？」

「いや……なにか、創作活動とかに励《はげ》んでいるのかと、思ってね」

言葉を探すように、嘘くさい理由を述べてくる。俺のどこにそんな生産性を感じるのか。

「別に、そういうのじゃあないな」

「そうか」

柳生が興味を失ったように視線を外し、熱されているグリルへと顔を向ける。今度はこちらが柳生の顔を少しばかり見つめてみたが、こちらを露骨に無視しているようなので諦めて離れることにした。男の顔なんか見ていても面白くはないので、それはいいとして。

距離を取ってから、頭を掻く。

なにか疑われている感じだった。とはいえ、ゴミ箱の中身が移動するなんて発想にはなかなか思い当たらないだろう。神のゴミ箱の秘密を知っているのは今のところ、アパート住人では比内だけだ。比内が口外していなければ、だが。あの女のことだから自身のポエムと繋がる可能性のある話など他人に漏らすはずもないとは思う。まぁ公にしてもいいのだけど。

柳生は柳生で、女の髪をばっさばっさと切ることには謎が多い。美容師志望とか分かりやすい理由があるのかもしれないが、毎回掃除しているのは実質俺だ。アシスタント代をくれ。

色々考えながら余っている椅子はないかと探し、歩き回って西園の隣が空いていることに気づく。既に酒が中途半端に入っているやつの隣なんて嫌だなぁと思いつつも、疲れに負けて膝が自然にかくんと折れてそこに収まった。「あ」と西園がマヌケに大口を開く。

「カエレー」

「いきなりなんだお前は」

西園がぐりぐりと俺の肩を、自分の肩で押してくる。酔っているやつはなにをし出すか予測がつかない。しかもそれだけではなく、反対の肩にも重圧がかかる。振り向くと、比内が俺の肩を全力で押していた。大きな石でも押すように本気でぶつかってくる。

「便乗してなにやってるんだ、お前は」

「ぐちゃっといかないかなと」

「答えになっていない」

などとやっていると、西園の肩が俺から離れた。ついでに比内も高笑いしながら離れていく。比内は俺たちより一歩引いた位置にある椅子に腰かけて、黙々と肉を平げている。

それが絵になり、同時に。周囲への大きな壁も感じた。

それはさておき。俺以外にも比内を目で追っているやつがいる。そいつは俺よりずっとぽーっと、目玉どころか魂まですり抜けて先行し、その影を後追いするように見《み》惚《と》れている。

西園である。酔いと感情がぐるぐる渦を巻いて混ざっているような、陶酔の顔つきだ。

その分かりやすい反応に察するものがあった。ないはずがなかった。ふふん、と笑う。

「なにきみ、西園くん。あの女に惚れているわけ？」

そんな面白いことをなぜ今まで黙っていたのだ。振り向いた西園が目を見開きながら顔を近づけてくる。男の顔など近づいてきてなにが嬉しいものか、と押して遠のける。


ぐにゃあっと指が食い込んで、顔面が潰れている西園にそのまま話しかける。

「お前、見る目ないな。いや見た目はいいけどね、あれ中身酷いよ」


俺と喧嘩が成立するレベルという時点でお察しだぞ。お前と同レベルでもあるわけだ。

「なにを言う」と西園が憤慨《ふんがい》する。「あの人はこう、こう、あぁっと、こう」と反論しようにも言葉が出てこないようだ。その代わりとばかりに胸ぐらを掴まれる。代わりにしては随分と過激じゃないか。

「お前こそ、いつの間にそんなに仲良くなった。前からか？」

「よくないよ」

「いいんだよ、俺からすれば。さぁ答えろ、ほらほらほら」


脇を小突きながら西園の顔が迫る。冗談めかしているが目は血走って、それが程良く入っている酒のせいではないことは明白だ。隣の席を空けて、俺が座ることに不満だったのは比内が座ることを期待していたのかもしれない。そいつは悪かったな、と謝る。椅子に。

「どうやってお近づきになった、言え、白状しろ」

「しらねぇよ、映画でも誘ったらどうだ。ほら、あの、なんだった」

俺と同じ大学に在籍している作家のデビュー作が映画化するらしい。そのタイトルを言おうとしてど忘れしてしまい、指だけがくるくると宙を泳ぐ。本も大学内の書店で販売していたので読んでみたことあるが、なんだか文章がくどくて疲れる内容だった。

「なんだ、なんだ」

「いや別になんにもない」

「あるはずだろぉおおうおぉお」

がくがくと俺を揺さぶってくる。勢いに身を任せて首をぶらつかせていると、そのままちぎれそうで少し怖い。そうやって遊んでいると名前を呼ばれた気がして、目を向ける。

木鳥と、そのママンがやってきていた。ママンには今回、かなりお世話になった。結局、火もこの人がつけちゃったし。えらく手慣れていて感心半分、驚き半分だった。

「あ、パンツ女だー。やーいやーぐべ」

西園が小学生みたいに木鳥を囃《はや》し立てようとして、途中で遮られる。木鳥のママンが西園を捕まえていた。首回りを彼女の頼もしい二の腕でがっちり締められて、「うべぇ」と西園が息をしていない。「娘になにかー？」とママンが笑顔で尋ねて、木鳥の方はあたふたして、でも西園に喋《しゃべ》らせるわけにもいかないし、と葛藤《かっとう》しているのが目に浮かぶ狼狽だった。

そこに大家が野次を飛ばす。あまりうるさくして評判を落としたくないからだろう。

「ほれなんとかして」と俺をけしかけてきて、なんで俺？　と疑問の目を向けるが取り合ってくれない。いけいけとうるさい中年に強引に促されて、やむなく立つ。しかしなんとかしろと言われても、蟻《あり》が熊《くま》に勝つのは困難を極める。ママンの前では俺の筋肉などなんちゃってファッションである。そのママンの目が、近寄った俺へときろきろ向く。顔の幅広さの割に目はかわいいもんだなぁと、一瞬思ってしまう。ただその目は、大きな木鳥の瞳とはまた異なるものだった。

「あなたともチョトお話あるから、あとでネ」

ぞくぞくっときた。本当にそれはお話だろうか、一方的な暴力ではなかろうか。戦《せん》慄《りつ》していると、女連れのワカメ男が「まぁまぁ」と仲裁に入ろうとしてくる。花の香りがきついそいつが木鳥ママンに触れた瞬間、気づけば西園と同様にヘッドロックに巻き込まれていた。つむじ風の如き木鳥ママンの俊敏さに目を剝く一方で、西園とセットになった顔がどちらも萎《しお》れたヘチマのように長細く潰れたことに大笑いする。ワカメ男の彼女らしき女性も、助ける気などサラサラないとばかりに腹を抱えて笑い出した。笑っている割に、口だけは妙に冷静で「がんばれー」と心ない応援をしているものだから余計におかしい。

まるで炭の火がこちらへ燃え移るように、騒ぎが大きくなる。

それを近くで眺めていると思うところがあり、注意が外れるのを見計らい、するりと抜け出す。中腰でそろそろと距離を取って、離れたところにぽつりとある椅子を見つけてそこに座り込んだ。

誰の席か知らないが、と言い訳するように呟いてそこに落ち着きながら、西園たちを見る。西園はまだ木鳥ママンに振り回されていた。バターになるまで回されればいいと思う。

「……………………」

酒が入っている連中も多いせいか、騒ぎの声が大きい。

巻き込まれていると賑やかすぎて疲れるが、ほんの少し距離を取ると、明るい。

炭と火の放つ輝きを見るときに似たもので満たされる。夏の押しつけてくるような暑さとは別物の暖かさが保たれて、疲れと相まって微睡《まどろ》むような気分になる。ぼんやり眺めていると、同じく騒ぎから離れた比内が横にやってきた。

「なにか用？」

「そこ私の席」

「へーそう」

知っていて座ったので驚かない。退く気もあまりない。比内も今度は押してこなかった。

「なにを寝ぼけた顔をしているの。まぁいつもだらしない顔だけど」

いつもなにか面白くなさそうに唇を曲げている女が、人の顔を批難してくる。

しかしお互い、いつもよりほんのりと表情が柔らかいように思う。

「こういう空気がずっと続けばいいな。そんな風に感じるのは大抵、人と触れあうようなときなんだなぁと、思ってな」

一人でいるときが楽なこともある。自由であるとは思う。

だけどこういう生温さに浸るには、他人が必要だ。少なくとも俺にとってはそうだ。

なんだかんだ、人間は人肌の温度が好きなのかもしれない。そしてそれが、集団で生きる理由ってやつかもしれなかった。

一方、こういう空気が好ましくないのか。比内の顔に重いものが混じる。

「そういうこと言っていると大抵、事件が起きて続かなくなるのよね」

嫌なことを言う。一言余計に付け加えないと気が済まない性分らしい。

「俺そんなにハードボイルドな生き方していないし、大丈夫だろ」

たまに首を突かれて、部屋が放火未遂の危機にさらされるぐらいだ。

……振り返ってみると案外、ハードだ。全部、この女絡みだけど。

「そうだといいわね」

ふ、ふ、ふと思わせぶりな態度を残して比内が離れる。比内は腹いっぱいになったからか、他の連中に気づかれないようひっそりと自分の部屋へと戻っていった。見つめていても、扉の向こうから部屋の灯りは漏れてこない。暗がりでやつがなにを思うのか、俺は想像もつかない。

やつの腹はともかく、他も満たされたかどうかさえ、定かじゃない。

立ち上がり、アパートの屋根の向こうを背伸びして覗く。真っ暗な山あいと墓場の向こうに光るものが見えた。俺の目に映る範囲で動いているので、星ではなく飛行機だろう。

今は光が先行して、やがて空を滑るその音がやってくる。

その音が届く前に、目を瞑る。

やがて人の楽しげな声と、炭の弾ける音と、雲と空を切り裂く音が重なる。

たくさんの人の中に自分がいると感じる。

それだけで俺の心は、潤沢な鼓動を奏でるのだ。


それから二週間が経った。

結局あのまま実家には帰らず、夏と青空ばかりが星を巡り。

その夏はまだ続いて、外に出ようと中に籠もろうとただ暑い。街は蟬やプールに通う子供でうるさいのだから、家にいた方がうるさくない分マシだった。茹だりながら寝転がる。飽きもせず転がり、断固として生産的であろうとしない。ぐてーっと、ぐてぐてーっと。

どれだけあがこうと起き上がることもなく、俺は叫ぶ。

「続いた！」

三章

『彼は彼女に彼女は彼に彼も彼女に、
そして彼女と彼は』

ゴミ屋敷、は違うか。屋敷じゃない、そんな立派じゃない。となると規模を縮小してゴミ部屋が正式な名称となるのか。自分の住んでいるところを見回している間も、汗が滲む。

八月末期、夏は続いている。夏だから当たり前だが暑い。暑いときは出来るだけ部屋の涼しさを保ちたい、これも当然。だから扇風機を回しているのだが、風がこちらに届かない。

扇風機の正面に陣取る女の髪が涼しげに揺れるばかりだ。

やはり納涼を求めるなら、部屋に隙間は多い方がいい。

アパートの住人が大挙して人の部屋に収まるなんて、論外と言える。

「……………………」

大家と木鳥ママン以外が狭い部屋に集っていた。このアパートには一部屋に六人も収納して快適さを維持できるようなキャパシティはない。むしろ一人でも不便が散見される。

せめて冬ならと思うほどの人口密度に、目眩《めまい》を催《もよお》しそうだった。

ぐつぐつと鍋《なべ》の煮える音を幻に聞く。

多量の汗が額に、背中にと肌を伝う。

部屋は窓を閉め切っていた。

なぜか俺と比内を除いて正座だった。

地獄絵図だった。

なぜこんなことになった、と朦朧《もうろう》とする頭を不安定に回して振り返る。

いくら思い出しても今朝はゴミを捨てに行っただけなのだ。

となると始まりはやはり、三日前まで遡《さかのぼ》ることになる。


暑さに衰えはないが、日の色が少し変わっただろうか。昼間にぼんやりと窓の外を眺めて、根拠はないがそう感じる。日の強さが弱まり、黄ばんだように町を彩る昼の光が収まっていた。

蝉の声も若干落ち着いて、沈んでいく夏の尾が見えてくるようだった。

そんな夏の移り変わりより分かりやすいのは己の飢餓《きが》だ。起きてからなにも口にしていないので腹が痛い。喉も渇き、心なしかシャツの端も弱って萎れているように見える。

「……飯か」

しゃがんだまま冷蔵庫に振り返る。冷蔵庫は神でも女神でもないので、他人様の部屋から食材をかき集めてはくれない。欲しいなぁ神の冷蔵庫。冷蔵庫にも神と書いてみようか。中腰でふらふらと室内をさまよって迷う。書くか止めるか悩んで、人生を数分ムダにしてから部屋を出た。ふりかけをパンシ○ンのように飲むのも限界があるので、たまには蕎麦《そば》でも食べよう。

蕎麦気分で外に出ると丁度、比内が買い物袋をぶら下げて帰ってくるところだった。うわ、こっち見て露骨に嫌そうな顔をした。左右非対称に狭まる瞳のどちらもが俺を射抜く。

友好の欠片も見られない。人への懐き方を知らない野生動物のようだ。

「よう桃ちゃん」

だから友好とはなにか教えてやろうと朗らかに挨拶する。そのままにっこりしていたら首でも絞めてくるかと期待、もとい心配していると意外にも比内も微笑む。ただし目はまったく笑っていない。そのままずんずかと進んできて、俺の前を真一文字に横切って一礼してくる。

「ロリコンにちは～」

階段を上がる比内が聞き捨てならないことを言ってきたので、億劫な頭を上げて「待てコラ」と肩を掴む。比内の肩は頼りないほど細く、指が骨と肉の間に絡みやすい。

変わった表現だが、人質には手頃という印象だ。握り潰すぞと脅《おど》しやすい。

「汗臭い手で触らないでくれる？」

目を細めた比内の腕が肩の高さまで持ち上がる。ピンと伸びきった指がこちらの喉を見定める。俺の手を払うのではなく喉を突こうとするあたりにこの女の本質が表れていた。

「汗なんかかいてねぇよ」

「蒸しているもの。じめっているわ」

「これはトイレに行って手を洗わなかっただけだ」

嘘だったのだが、比内が階段から飛び降りてくる。そのまま膝で腹を強打してこようとしたので慌てて仰け反って避ける。その段階で髪は振り乱れて、食いしばった歯と共に鬼の形相を成していた。髪の合間に、激情に彩られた瞳が煌々《こうこう》と輝く。更に平手を買い物袋ごと振り回してくるので、避けて、避けて、後ずさって道路に出そうになって「おいちょっと、終わり、終わり！」さすがに道路まで出るわけにはいかなくて退路を失い、終了を呼びかけるがそんなもの比内が聞くはずもない。

ばちんと一発、力強いのを二の腕に頂戴《ちょうだい》してしまった。じんわりと、肉が皮と骨の間で揺れる。シャツを挟んではいたが腕の内まで響く強烈な一撃だった。この女の精神に手加減はない。

熱血、不屈、鉄壁、根性、直撃、激怒。こんな具合だろうか。

昼の日差しの真下では反撃の意欲も萎《しな》びて、二人ですごすごと部屋の前まで戻る。

不毛だ。この女と関わるとやるせなさだけが蓄積されていく。

「冗談だったのに」

「私も冗談よ」

冗談で人の身体は痛まない。見ると暴れたせいか、比内の肌が湯上がりのように赤くなっている。その上を滲む液体は、俺となんら変わりないものだった。指摘してやる。

「あんたも汗まみれじゃないか」

「これは違うわ」

「なんだよ」

「溶けたアイスを顔にくっつけているだけよ」

平然と大嘘を宣《のたま》う。こちらの指摘は意地でも認めないらしい。

ひねくれ者め。毒づいていたら買い物袋からアイスを取り出してきた。いわゆるあずきバーである。これ見よがしに俺の前を横切らせてくるので奪い取ろうと手を伸ばしたら、予期していたように避けられた。カモメのような軌道を描いて、比内のもとへ帰っていく。

比内がにやにやと、得意げにアイスの封を開く。そうして袋から出てきたアイスは、振り回したせいか上半分がへし折れていた。比内はしばし見つめた後、「ぎろっ」俺を睨んで責任転嫁するな。そのまま残っている部分をこの場で食べ始める。俺へ見せびらかすためだろう。別に羨ましくないぞ、と虚勢を張ろうとしたが胃の中がぎゅるぎゅると締め付けられるようにうごめく。暑さではなく、空腹に耐えられなかった。

「いつもアイス食っている気がするな」

「好きなのよ」

そう答える比内の表情が一瞬、柔らかいものとなる。が、アイスを囓ったまま、開いた右手のひらを見つめるとその目が渋いように細くなった。

「叩いたから手が痛くなったじゃない」

その発言には歯軋《はぎし》りぐらい無条件で許されるだろう。

「お前よく今まで人に殴られてこなかったな」

男だったらこの時点で歯を食いしばらせている。くそぅ、女め。くそぅ。でも女だ。

女の顔は財産だ。そいつに無許可に手をつけるほど、俺は無法者じゃない。

しゃくしゃくと、氷菓子を噛む小気味良い音が聞こえる。

で、だ。

「誰がロリコンか」

「あらそう聞こえたの？」

アイスを涼しそうに（涼しい、間違いない）囓りながら、比内がとぼける。

「それはあなたの心にやましいところがあるからよ」

「お前がいやしいだけだと思う」

しゅぴっと地獄突きが飛んできた。仰け反って避けても喉仏の表面を掠めてくる。

狙いが嫌になるほど正確で、避けなかったらどうするつもりなのだと聞きたい。多分、どうにもならないで俺がのたうち回るだけだと言い放つだろう。こいつはそういう女だ。

「でもあなたがあの女子中学生を買ったのは事実でしょう？」

い。

「事実ではない」

証拠に領収書でも出してみろこの野郎。あぁコラと凄んだがまったく相手にされない。

比内が自分の胸を大きくなで下ろし、こちらへ吐きかけてくるようにホッと息を吐く。

僅かに冷たいそれが、鼻の先を撫でていった。

「よかったわ、胸が小さくなくて。小さいとあなたに付け狙われそうだもの」

「見栄を張るんじゃない、見栄を」

比内の胸もとに顔を近づけて思いっきり凝視してやる。さして誇るほど大きくないじゃないか。直後、額の先に訴えるものを感じて大げさなほどに身を引くと、俺の顔があった位置でばちんと、派手な平手打ちの音が鳴る。比内の広げた両手が重なり合って、音を弾けさせたのだ。

恐ろしい、人の顔をもみじ饅頭《まんじゅう》にでもするつもりか。

「あんた、俺にはなにしてもいいと勘違いしてないか？」

「いけなくて？」

選んだ言葉と態度の一つ一つが的確に俺を刺激してくる。

人の神経を逆なでする術に長けるのが年の功とでも言うのか。

こいつは一体、なんなんだ。俺はこの女のことをほとんど知らない。知っているのは、ポエムに変なルビを振るのが好きなことぐらいだ。

「大体あんた、なんでこんなところに住んでいるんだ？」

大家に聞かれたら針でも刺されそうな暴言が不注意に飛び出す。比内が怪訝な表情となった。

ほとんどしかめっ面か睨んでいるので、顔が険しくなっても大差がない。

「随分と金持ちみたいじゃないか」

本人が裕福なのか、出資者がいるのか知らないが。ここは遊びで新幹線に乗って人を追ってくるような小金持ちが住む場所じゃない。余裕のない人が狭い部屋で寝転がり、息を殺す。

金を持たない重圧こそがこのアパートの本質である。そいつから解放されているであろうこの女は、言うならば場違いなのだ。本当は場違いどころか○○○イかもしれない。

「お金持ちなのだからどこに住んでもいいでしょう」

残ったアイスをいっぺんに口にねじ込んでから、比内が静かに反論してくる。

「それとも立ち退きを要求しているの？」

アイスの棒を突きつけてくる。こいつはそのまま目でも突いてきそうで恐ろしい。

「いや俺、大家じゃないし」

「でも私はあなたが地球上から消えてほしいと思っている」

でもの意味が分からない。同時にその続きの意味が分かるのは虚しかった。

そりゃあまぁ、赤裸々《せきらら》ポエムを丸暗記している男には消滅してほしいだろうが。

比内が鼻を鳴らした後、アイスのゴミを袋に入れてから階段に足をかける。やっと去ってくれるようだ。階段を上がる途中、比内が俺を覗き込むようにして命じてくる。

「私これから昼寝するの。下で騒がないで頂戴」

「いいなー、無職のおねえさんは」

自由気ままだー。

サンダルをリモコン下駄みたいにこちらへ飛ばしてきたが、頭の上を掠めていくだけだった。

ころんころんとサンダルがアパートの敷地を転がっていく。お花柄だった。

比内は素足を上げたまま、ぴこぴこと足首から先を手招きするように動かして催促してくる。

「拾って」

「聞こえんなー」

「拾ってくださいお願いします」

もう一方のサンダルを脱いで、今度は握りしめて構えた。冷徹な瞳が見定めるのは俺の喉もとだった。断った瞬間、火を吹くように回転したサンダルが俺の喉をえぐることだろう。

どうせ裸足で降り立つなら、そのまま拾いに行けよ。そう思ったが恐れを為《な》してサンダルを拾いに行くのであった。この女は一度構えたら冗談で済まさない。悪い意味で本気だった。

拾ったサンダルを放り投げると、比内が直接受け止めようと高々と足を振り上げる。が、その足の側面が丁度サンダルに当たって、サンダルが再び階段の下を転々とする羽目になる。

最初とまったく同じ、足を掲げた姿勢を維持しながら比内が言う。

「拾ってアゲイン」

「…………………………」

今度は投げないで持っていって手渡しした。比内は恥じる様子もなく何食わぬ顔で履いて、部屋に入っていく。見送るこちらは脱力しきっていた。図太いなんてものじゃない。

そのまま俺も部屋に戻る。日差しに焼かれた髪を撫でて、一息吐いて。

あげた顔の先は、真っ暗だった。

「戻ってどうする」

昼飯を求めて出たはずなのに、徒労だけを得て帰ってきてしまった。

気が削《そ》がれたというか、比内とのやり取りに疲れて外に出て行く気も失せる。

諦めてそのまま横になり、空腹をやり過ごすことにした。

そんなことできるのだろうか。

「出来る、出来るのだ……」

念じて肩を抱くように腕を交差させて、目を瞑る。

床からは、溢れてやむなく掃除した今朝方のゴミの匂いがした。

「神さん、いらっしゃいますか？」

夕方、声とノックの音がどちらも控えめに俺を呼んできた。身体を起こして声をかけるか迷いながら結局、玄関まで出た。声と態度から分かっていたけど、訪ねてきたのは木鳥だ。

まだなにもしていないのに、俺を見上げる木鳥は笑顔である。いいことあったのかな。

「こんばんは」

挨拶も丁寧だ。アパートの連中は皆、見習ってほしいものである。特に比内あたり。

「おぅおぅ。で、なんか用事かな」

さすがにもう人聞きの悪い話は持ち込んでこないだろう。

「お母さんが晩ご飯を一緒にどうですかって」

「珍しいお誘いだな」

そういえば二週間ぐらい前にバーベキューをやったとき、話があると言っていたが有耶無耶《うやむや》になっていた。あの件と関連しているのだろうか。他に親切にされる心当たりはなかった。

飯は静かに一人で食いたい傾向がある。が、頭ではなく枯《か》れ果てた腹が「謹んで承《うけたまわ》る」ことにした。木鳥ママンがどんな食事をしているのか興味もあった。あの鍛え抜かれた上半身と食事には切っても切れぬ関係が……あるのか、と娘を一瞥して疑問を抱く。娘の方の肩は細い。そして小さい。中学三年生だとしたら、平均よりも下に位置するだろう。

改めて見ると、年相応かそれ以上に幼く映る。部屋から出て短い間だが隣を歩くと、俺の身体から伸びた影に全身が覆われている。見下ろすついでに、ちらりとその胸もとに目が行く。

……比内より小さいな。だからなんだという話ではある。

木鳥母子の部屋にお邪魔するのは、何気に初めてだった。木鳥という名前を知ったのもこの夏が始まりという、その程度の浅い関係なのだ。一つ一つの出来事が濃いので、そのあたりを誤解しそうになるが。木鳥が先に家へ上がり、中へ声をかける。

「連れてきたよ」

「オー、イラシャイ。いらはい港」

よく分からん冗談を交えて、木鳥ママンが歓迎してくれた。チェック柄のエプロンがきつく縛りすぎて酒屋の前掛けのようである。そのママンに案内されて、テーブルの前に腰かける。

当たり前だが部屋の間取りは俺のところと同じだった。一間で布団が端に二組畳まれている。そこにテレビと小さな本棚、更に木鳥用であろう学習机を置いているので俺の部屋よりもずっと手狭になっている印象を受ける。この部屋に二人もいれば、満足に寝転がることもできないだろう。ただかえってそうした物の配置や、埃にまみれていないカーテン、窓際の小さなサボテン等々、細かいところで生活臭を醸《かも》しているのは俺の部屋との大きな違いだった。

この部屋で人が生活しているな、と思うのだ。俺の部屋は彼女が去って以来、そうしたものが希薄だ。唯一生き生きとしているのは、元気にゴミを吐き出すゴミ箱ぐらいだろうか。

「いっぱい食えヨ」

流しから、木鳥ママンが声をかけてくる。ついでに香ばしい匂いも漂ってきた。フライパンでなにか炒《いた》めているようだ。その姿を、首を伸ばして眺めると頼もしいお母ちゃんだとしみじみ感じる。女手……まぁ女だ、一人で子供を育てるには、あれくらいのたくましさが必要なのだろう。

「手伝おうかー?」

木鳥が母親に話しかける声も、いつもと違って軽いものだった。

「じゃ、スプーンとか持っていって」

「うん」

木鳥が流しへ動き、てきぱきと食器等々を運んでくる。「茶碗がないので」と、俺の前にだけ別の皿が置かれた。茶碗ぐらいなら言えば持参したのに。

「あーあとこれもネ」

「先に言ってよ、いっぺんに持っていくのに」

腰を下ろしかけた木鳥が往復することに文句を述べながらも、母親の指示に従って動く。その背中や様子を目で追って、木鳥が一仕事終えて座ってからもしげしげ眺めた。

「ふぅむ」

視線に気づき、大きな目がこちらに向いた。

「なんですか？」

「余所《よそ》行《い》きじゃない態度を初めて見た」

普段はお澄ましさんというか、やや背伸びした調子なのだと今更に知る。

俺も結構年長者に見られているのだな、と勝手に満足してしまった。

指摘されて、「その」と短く呟いてから、木鳥が髪を弄って俯く。言われても返事に困るのは分かる。それを気恥ずかしく思うのも、なんとなく共感した。俺だって実家に住んでいた頃、家に来た友達に親とのやり取りを見られるのは嫌だったものだ。そういう年頃だったのだろう。

「自分だけの部屋とかほしくならない？」

お年頃と言えば、と連想して質問してみた。同じ部屋でずっと母親と一緒なんて、思春期まっただ中の俺だったら到底我慢できない。泣き言の一つも迂闊に漏らせないんだぞ。

「時々」と、木鳥が微苦笑する。ワガママは言えないと、言外に語るようだった。部屋の低く染みの目立つ天井を見回せば、答えはそこら中に転がっている。そのまぐるりと見回すと、部屋の隅のゴミ箱に目が行く。変哲のない、黒い筒状のそれが鈍く光っている。

どういう経路で俺のゴミ箱とこれが繋がるのか。瞬間移動なんてチャチなものだろうか。

「神さん、」

木鳥がそこで声を留める。先程から継続する苦笑より察するに、落ち着きないですね、と言葉が続くようだった。年下の無言の指摘に若干照れつつも答える。

「人の家の夕飯なんて、あまり食べた経験がないなぁと思って」

どんな顔で、どんな味の感想を述べればいいのだろう。どれくらいの愛想と世辞を配分すれば嫌みなく、するりと、爽《さわ》やかにやっていけるのか。いつだって悩んでいる気もする。

「わたしもないです。……神さんの晩ご飯がふりかけご飯って、あれ冗談ですよね？」

「ご馳走《ちそう》しようか？」

「いえ……」

木鳥が目を逸らしてしまう。どうやら今晩はふりかけご飯より贅沢な食事のようだ。彼女と同棲《どうせい》していた頃は相手がいることもあって食事に気を遣ったものだが。彼女がたまに作ってくれた夕飯は、彼女の家庭の味だったんだろうか。

そんなことを考えながら料理が来るのを待った。で、フライパンごとやってきた。覗き込んで目を丸くする。

「なにこれ」

フライパンの中身が黄色いぜ。こういうの見たことあるぞと言葉を探していると。

「パエリヤ」

「です」

「ほー」

名前はよく聞くけど、実物を見るのは初めてかもしれない。実家では見かけることがないし、スペイン料理、だったか。そういう店の世話になる機会もなかった。彼女と外で飯を食うときは大戸屋がほとんどだったのだ。今考えると、味はいいが色気に欠けていた気もする。

「故郷の料理とかですか？」

なにしろ木鳥ママンはどう見ても日本の方ではない。……となると、木鳥も異国の血を継いでいるのか、と今頃ながら注目してしまう。見た目には日本の血が強そうだ。

「ナイショ」

人差し指を口の前で振って、ごつい肩をくねらせる。かわいい仕草でごまかされても困るのだった。木鳥も呆れたように母親を一瞥して、それから俺の茶碗を取り、パエリヤをよそってくれる。甲斐甲斐《かいがい》しい子だ。茶碗にいっぱいよそって、よそって、よそって、あの。

「量多くないですか」

「お腹が空いているかなと」

今に土砂崩れでも起こしそうなパエリヤの山を築き上げてくれる。右から左からとそいつを覗き込んでみると、主な具は鶏《とり》と野菜らしい。パエリヤと聞くとなんとなく魚介類を連想してしまうが、それだけでもないみたいだ。香りが強く、湯気を吸い込むと鼻と喉にくる。

「ほら食え」

はよ、とママンに催促される。それはいいがなんで腕を鎌のように振るんだ。

「あ、じゃあ、いただきます」

人の家の食卓という落ち着きのなさはそのままに手を合わせ、用意されたスプーンを取る。どこからすくい取れば被害が出ることなく口に運べるのか迷いながら、パエリヤの山を崩す。

頂点から少しだけすくい取り、黄色い飯を頬張る。噛んで、飲みこむ。

「どう？」

「……経験したことのない味付けですね」

一口目は美味いマズイではなく新鮮さに舌鼓《したつづみ》を打つ。鮮やかな色合いからの印象とは異なり、サフランライスから強い味を感じることもない。そして独特の乾いた匂いがする。

「へぇ、へぇぇ……」

戸惑いながらも山を崩して口に運ぶ。鶏肉は素直な味付けで美味い。野菜もパプリカみたいなのと萎びたキュウリみたいなのの歯応えが気に入る。このキュウリ風、名前なんだったか。

考えながら黙々と食べ続ける。崩してテーブルにばらまかないように気を遣ってい
ると、周りに意識を向ける余裕を失う。二つの声が頭の上を飛び交っている気もした
が反応せず、俯いて口を動かし続けた。料理の熱さを奥歯より更に奥のはぐきで味わ
い、胃を昂《たか》ぶらせる。

温かい飯はありがたい。そしてそいつをご馳走になっているのは神のゴミ箱がきっ
かけである。ゴミ以外にもらたしたものとしては、極めて上等ではないだろうか。

ふと顔をあげると、木鳥と目があった。笑っている、なんだろう。

「やっぱりお腹空いていたんですね」

「ん、まぁ」

まるで自分の手柄を喜ぶように、木鳥が屈託なく笑うものだから少し照れてしまう。

「料理はできないんだったか」

食べながら木鳥に質問してみる。木鳥も茶碗を持ったまま、目をさまよわせる。

「えぇと、まだ……あ、掃除と洗濯はやってますよ」

逃げ道を見つけたように木鳥が輝かせる。

「お、偉《えら》いねぇー」

俺が中学生のとき、母親の手伝いなんてろくにした覚えがない。反抗期は長くなかったが。

「神ちゃんの部屋はきたなそーネ」

木鳥ママンが話を振ってくる。俺に負けないくらい山盛りの茶碗を手にしているのはさておき、男の独り暮らしという点から予想したのだろうが、意外とそうでもないものだ。

日々、他人様のゴミを片づけるついでに掃除もしているから。

だってゴミだぞ、基本は汚いじゃんか。

「そうでもないですよ」

「あ、そうでしたね。神さんの部屋、綺麗でしたし」

木鳥がこの間を思い出しながら言う。物が少ないから散らからないだけだよ、と言おうとしたところで木鳥ママンの目が鋭く光るのを見た。そこで発言に気づき、あ、と固まる。

「部屋に連れ込んだ、ダト？」

「いやいや俺を悪者にしないでくださいよ」

参ったないやー、とおどけてはみるが顔が引きつる。芋《いも》づる式に露見すると危ういことが、木鳥ちゃんとの間にはいっぱいあるのだ。木鳥もそこで赤面していないで涼しい表情で釈明してほしいものだ。そんな顔をしていたら誤解を解くどころか深めるだけである。

「ほぅ、ほほぅ」

木鳥ママンの目がきろきろと左右に動く。獲物を狙うような目つきだ。

「いやもうほんと触ったこともないです一度もはい。あれ、あったか、なかった？」

記憶があやふやなついでに逃げ道を求めて木鳥に尋ねる。話を振られた木鳥も目を白黒させながら、しどろもどろとばかりに答える。

「頭にザリガニ載せられたことなら……」

どんな状況だ、と当の本人なのに目を剝きそうになった。

こんな説明を受けてどういう反応がくるのか、と身構えていたがママンの顔は涼しい。

「ま、イイ。世話になったみたいだし」

木鳥ママンの口もとにうっすら、笑みが浮かぶ。どうやら許されたようだ。怒りを装ったのは冗談だったのかもしれない。底の知れない人である、木鳥ママン。牙とか生えていそうだ。

「ほんとに、お世話になりましたから」

どっちに向かって言っているのか曖昧な木鳥の言葉に、「ああうん」と茶碗を掲げて頷く。

それがなければ飯を恵んでもらえるはずもなく。

しかし、木鳥はそれをどんな風に母親に話したのやら。

「扇風機、風、当たってますか?」

部屋の角で回り続けている扇風機と俺の間に座っていることを気にしてか、木鳥が上半身を反らす。木鳥の髪をささやかに揺らしていた風が、生温く肌を伝う。気遣いだけが涼やかだ。

「平気、俺暑いの結構得意だから」

嘘だったが、良い格好しなければいけないときも往往にしてある。

そして目の前のパエリヤをすべて平らげるのも、見栄の一つだった。

むぐむぐ食べてぐいぐい飲みこんだ。

「……ふげ」

無理だろうと思っていたが、フライパンが空になったのを見て一息吐く。

茶碗を空にすると、すぐによそってくれるので結局無理して食べきった。

口から黄色い吐息が漏れそうである。

「ごちそうさまでした」

木鳥ママンに感謝の意を伝える。「イーエー」と独特の発音で謙遜《けんそん》？　しながらママンがフライパンを手にして立ち上がる。それ自体は普通だが、指二本でフライパンを持つのは少しおかしい。それについて木鳥がなにも言わないあたり、この家では見慣れたものなのか。

「美味《おい》しかったですか？」

木鳥が感想を伺ってくる。いつの間にか正座して、頭の位置が変わっていた。

「うん。こういうのいつも食べているの？」

「あ、いえ。今日は神さんが来るからって、はりきった、の、かな？」

流しに目を向けながら、木鳥が小首を傾げる。ママンはリズミカルに食器を洗っている。

そのママンに聞こえないようにか、木鳥が声を潜《ひそ》めて話しかけてきた。

「神さん、少しお話ししたいことがあるんですけど」

「えっ」

警戒してしまう。この子のお話ししたいは今のところ、俺を動揺させたことしかない。木鳥もそうした俺の心境を察してか、「大丈夫、です」と俯きながら付け足す。なにが大丈夫か。

ただ雰囲気から相談事ではあるようなので、聞かないわけにもいかないようだった。

「ここだと、えぇと、外まで」

木鳥が母親を一瞥してから立ち上がる。母親に聞かれてはいけない話というあたり、重そうだなぁと少し敬遠したくなる。でも食事をご馳走になった手前、断りづらかった。

「ちょっと外出てくるね」

木鳥が声をかけて、ママンが振り向く。後ろに続く俺を一瞥した後、

「あんまり遅くまではダメヨー」

「うん、すぐ終わるよ。家の前までだから」

「アラソー」

ママンは洗い物の前から動かなかった。が、意味ありげにもう一度、俺に視線をくれてきた。

疑うような目つきではない。意図を組めず、小さい会釈《えしゃく》で応えて外へ出た。

先に出ていた木鳥が円を描くように敷地内を回る。その足音がさくさくと小気味良

い。この間、バーベキューのためにむしったのに地面は早くも草で覆われていた。

「外もあんまり涼しくないですね」

暗闇の静けさや落ち着き具合と異なり、気温が夏のままであることを嘆く。確かに熱はどろどろとしたまま、宙にぶら下がっている。動く度、そこに顔を突っ込んでいくようだ。

「まだ夏だからな」

気の利いた返しも思いつかず、率直に言う。比内みたいにプレシャスなポエムを即興で紡ぐ才能が俺にもあれば……恥をかくだけだった。そのまま口を噤《つぐ》んで、しばらく夜に浸る。

そうしていると灯りが歩道を映す。アパートの前を自転車が二台駆けていった。制服姿の男子で、遅くではあるが、部活帰りの学生らしい。眺めて、木鳥に聞く。

「部活とかやってないの？」

「一応、美術部です。あんまり参加していませんけど」

「ほぅ」

美術に詩に、このアパートは芸術家の卵が多いな。あぁ、あと一応、作家志望もいたか。

作家志望の部屋からは薄明かりが漏れている。今日も面白みのない小説を書き連ねているのだろうか。そういやぁここの近くのアパートに本物の作家が住んでいるという噂を聞いたけど、本当かね。

夜はいつも変わらず暗いなぁと、見上げて思う。だけど、見えてくるものは少しずつ変わる。

観測する俺自身に変化があるからだろう。

木鳥の家で夕飯を頂いて、外で一服なんてこの夏を迎えるまでは想像もつかない状況だ。

あのゴミ箱がこの時間を作り上げたのである。良いか悪いか判断するなら、悪くない。

少し灰色を混ぜた肯定が夜に紛れる。そして、木鳥が口を開いた。

「一緒に暮らさないかって」

前置きなしの言葉に少々面食らう。すぐに続きがあった。ただし、こちらを向かないで。

「お父さんの家に行ったとき、聞かれました」

「……ふむ」

そういえば帰ってきてから浮かない顔をしていたな、と思い出す。そもそも木鳥の父親がなぜ今頃になって会わないかと連絡を取ってきたかが疑問だったが、そういう話のためか。

よくある話、なのだろうか。経験がないし、側にそういうやつもいなかったので分からない。

「お金の面でも悪い話じゃないからって、言ってました」

「……そうだな」

木鳥父の家は拝見したので分かるが、このアパートの一室とは比較するまでもない。恐らく、一人部屋も用意してくれることだろう。物質的な意味で、豊かになることは確かだ。

生活環境が大きく変化する機会なんてそうそう転がっていない。当たり前の生活を当然のように繰り返して、なにかが変わるはずもないのだ。例外は、本当に稀《まれ》だった。

金がないというのは、道を狭めるということ。

例をあげるなら、木鳥はここで暮らしていれば恐らく大学への進学は不可能だ。父親の元ならそれができるかもしれない、と考えればまぁそりゃあ確かに悪い話ではない。選択の幅が広がるのは間違いないのだ。

だけど。

「だから、どうしようって」

言葉は宙ぶらりんで、夜風もないのに揺れて、俺の顔にかかる。

気づいてほしい、触れてほしいと願うように。

「母親には話したのか？」

話せないよなぁと分かりつつも聞いてしまう。「いえ」と、返事は短くも重い。

「九月いっぱいには、返事を聞かせてほしいって」

今から越して、高校進学等々も検討しないといけないからか……あれ、そういえば。

「木鳥って今、中二？　三？」

そこらへんがはっきりとしていなかった。俺がこっちに住み着いた頃から制服を着ていたので、一年生ではないはずだが。

「二年生です」

「へー」

ということは来年になってもまだ中学生なのか。……危うい。危うかった。

もう言い訳がしようのないほどの中学生を、どこかでとち狂って買っていたら本物の犯罪である。いや高校生でもよくないよねという話ではあるが、中学生だと尚更よろしくない。

だめ押しというか、トドメの一押しというか……分からん。

振り切って、木鳥の悩みに応える。そんな相談されても本当は困るのに。

「これは俺の意見だから、参考にするだけにしろよ」

他人の意思を絶対的なものとするなと釘を刺す。木鳥が頷くのを待ってから、言った。

「ここで暮らした方がいいと思う」

木鳥の表情に変化はない。少し歩きながら、夜の下で口を開く。

「どんな理由であっても、捨てたって気持ちは必ず後悔に繋がる。わざわざ自分でそんなもの増やさなくていいさ。それに木鳥がいなくなったらお母ちゃんは一人だ」

向こうの家にはまた別の家族が出来上がっていて。

子供までいて、そいつを弟として扱わなければいけなくて。

再婚したであろう母親がどちらの子供をかわいがるかは明白で。

そもそも父親以外は賛成していないことだってあり得るのだから。

まぁ無難に、ここにいた方がいいよというのを省略したら綺麗事になった。

「俺だってご近所さんが減るのは寂しいしな」

そうだろうか？　と夜の道路を見つめながら、跳ね返ってくる疑問を受け止める。

ご近所さんなんて曖昧なものよりもっと、ずっと近くにいた彼女がいなくなったことに、俺は寂しさを感じていない。目を伏せたくなるような現実もなく、セルリアンブルーの空の下で日々は流れ続けている。寂しいってなんだろう、と改めて考えそうになってしまう。

満たされないことか。いやでも、俺は木鳥がいて満たされているのか？　なにが？

「そう、ですね」

木鳥の曖昧な返事が頭の上をすっぽ抜ける。俺の意見なんて、参考になるのだろうか。

家族のことだと考えれば、首を突っ込むのもおこがましい。

それよりも俺には、他にもっと教えるべきことがあった。恐らく俺しか言えないことだ。

「そういえば、前から言っておこうと思ったのだが……」

木鳥の両肩に手を載せる。「え」と目が左右に動いている間に、説教した。

「いいか、いくら金がほしいからって自分を買ってくれとか、そういうのはダメだ」

「それは」と言いかける木鳥の肩を軽く揺さぶり、「いいですか」と念を押す。

見つめていると木鳥が萎れるように首を縮めて、「はい」と小さく頷く。

「そんなこと言ったら我先にと買いに走る、いけない大人がこの世にはごまんといる。お前、結構かわいいんだぞ」

美人よりこういうちょっと幼さを残した子がいい、と思うやつは腐るほどいるものだ。勿論俺は違う。ろりこんにちはしない。木鳥が口を半開きにしたまま真っ赤になるが、どんな想像したかは知らん。赤裸々というやつだろう、多分意味違うが。

「そのかわいさを武器にするのも生き方ではあるけど……なんだ、ほら、複雑な気持ち」

この子には健全であってほしいと願ってしまう。案外、情が移っているのかもしれない。

木鳥は尚も赤い。最近はいつも頬を染めている気がする。茹《ゆ》でた海老《えび》みたいだ、なんて思っていたら、唇が少し震えていた。なにか喋ろうとして、戸惑いとの間で揺れているようだ。

なんだろうと首を傾げると。

「あの、かわ、って」

木鳥の大きな目が、困惑と羞恥に波打つ。

……あ。赤くなっているのは、そっちか。そっちか、とこちらにも羞恥心が反射してくる。

「うむ」と間を取ったように見せかけて離れて、鼻の先を掻く。むず痒い。彼女を相手にして掃いて捨てるほど言ったそれは、今となっては暗く冷たく地層に沈む。不燃物のようだ。

一方、木鳥へのかわいいは可燃物らしい。俺も頬が熱いし、木鳥も赤面の具合からそれが伝わる。まるでこっちも中学生に逆戻りして向き合っているようだ。木鳥の反応が初々しくて、引きずられているのが分かる。ここはなんとか、年上としての余裕を保ちたい。

落ち着いて相手を評価している、という態度を装うために敢えて、褒め言葉を重ねた。

「その、なんだ。きみは将来、必ず美人に……なる」

「あの、歯切れが悪かった気もしますが……」

なる。

「そんなことは、ない、ともー」

将来とはどこまで含まれるかという点が引っかかった。主にママンの影がちらついて。

五年後は保証するが、三十年後の暗黒にまで夜目が利く方ではない。

そのまま少し黙った。木鳥もなにも言わず、側に立ち続けている。

一瞥して、ここは逃げておくかと尻尾を巻くことを決めた。

「……さて、じゃあそろそろ帰るわ。ごちそうさまと、ママ上様に言っておいて」

さっきも言ったけど、礼は何度してもいいものだろう。久しぶりに火の通ったもので腹が満たされて、食事とはこういうものだなと再確認する。やっぱり実家に帰ればよかったかな。

まぁ夏休みはまだ続く。おいおい考えるとしよう、と手を振って木鳥と別れた。

向けた背中に声がかかる。

「おやすみなさい」

「うん、おやすみー」

横になったらそのまま朝まで眠れそうだった。昼と違って呪文は唱えなくていいだろう。

それはとても幸せなことなのだよ、と目尻その他を緩ませていると。

「神さん、あの」

呼ばれて振り向くと、木鳥が前へつんのめるように距離を詰めてくる、そして俺の手を奪うように取った。

首を傾げている間もなく、木鳥の頭が手に寄り添い、温かいものが触れてくる。

手の甲に押しつけてきたのは、その薄い唇だった。

「……………………………」

不格好にくっついたから唇が裏返り、手が唾で少し濡れた。

手首の脈と心臓の鼓動が一致して、ばくんばくんと俺を攻め立てる。

清らかな乙女が果実に口を添えて云々という、繊細さはなかった。むしろ力強く、なにかを誓うように押しつけてくる。なにこれ、と目を剝いたまま固まっていると木鳥の手も震えていることに気づいた。反応して人差し指が跳ねると、木鳥が勢いよく下がって離れた。

右手を宙にぶらりとさせたまま、木鳥と見つめ合う。闇夜に紛れていても発光するように、その頰の紅潮が伝わってくる。下唇がわなわなしていた。なんでそっちが動揺しているんだ。

「今の、は」

その言葉がどちらの口から出たか、判断しづらい。耳の付け根になにかが詰まり、音が届きづらくなっていた。しかし次に口を開いたのは、間違いなく木鳥だった。

「ご、五年後のお約束は必ず守る、という……約束の、約束です！」

「……は、はぁ？」

約束ってなんだ、とそこから困惑する。五年後……あ、そんなこと言った、言ったわと思い当たる。格好つけただけなのに、本気に取っていたらしい。ええぇ、と今度はこっちが仰け反りそうになる。いい子だ、いやだけど、すぎないか。待てぃ、と落ち着くために制止しようと手を伸ばしたら、びくりと木鳥が跳ねる。そのまましゃかしゃかと活きの良いエビみたいに手足をばたつかせて、木鳥が部屋へ引っ込んでしまった。あんな勢いで部屋に帰ったら、俺がなにかしたかと誤解されてしまうじゃないか。

「お、俺は、！」

五年後じゃなくて今がいい！　違う！

頭を振り乱して懊悩《おうのう》とする。季節外れの嵐が吹き荒れていた。その風に煽られないよう踏ん張ってはいるが、一歩間違えればそのまま踏み外してしまいそうだ。それはよくない、と真顔で手を突き出して否定する。しかしあの子は危険だ、俺を中学生の精神に引きずり込んでくる。俺の成長がそのあたりからないわけではない。しばらく頭を押さえて、嵐が過ぎ去るのを待つ。

腰の負担が気になっても、前傾姿勢から逃れるまでには時間がかかった。

「……うーむ」

少し冷静になったところで顔を上げる。顎に手を当てて考え込む。相談された内容と言い、あの子は俺に、頼りがいのあるお兄さん像でも見出《みいだ》しているのだろうか。そいつはちょっと頂けない。年上への幻想というものは、分からないでもない。俺にだって覚えはある、が、そういうのは困るのであった。応えるには結構な背伸びをしなければいけなくて、更に言えば応えたくなってしまうのも問題だ。そんなに立派に大人していないんだよ、俺。

大体これではまるで、金で少女の信頼を得たみたいじゃないか。

いやそのものじゃないか。のぉぉぉ、と顔を手で覆って悶える。

名実共に援助交際男へと変貌《へんぼう》しつつある自分を嘆く。こんな俺を見てなぜ、あんな態度でいるのだ木鳥よ。いい歳してザリガニを喧嘩させて技名を叫ぶやつに憧れるのは、ちょっと見る目に問題がある。木鳥ママンは娘になにを教えているのか。まぁまじめな性格に育っているのは間違いない。約束を反故《ほご》にしないあたり、少なくとも俺よりは善良だ。

しかしその示し方が手の甲への口づけとは、情熱的というか、雰囲気重視というか。

「内緒話オワタ？　次はワタシと話しましょ」

「おぉう」

娘と入れ替わるようにママ上様がやってきた。娘の慌てふためいて戻ってくる様子から邪推されても困るので、「いやぼくなにもしてないッス」と聞かれてもいないのに否定する。

「しただロ」

わきょ、わきょとたくましい腕が鎌のように振られる。俺の首でも刈り取るつもりだろうか。

木鳥ママンがムキムキしたまま俺の隣にやってくる。ムキムキしていない時がない。そのままヘッドロックでもされるかと覚悟していたが、ママンはムキッたまま話しかけてくる。

声は常に、表面上と異なって静かなものだった。

「父親のトコ、連れてったでしょ？」

あ、そっちか。これはまじめな話になるだろうと背筋を伸ばして、頭を切り換える。

表面に浮かんでいた汗のような焦燥をふるい落としてから、愛想笑いを浮かべる。

「余計なことでしたかね」

「ビミョー」

木鳥ママンが笑う。灰色の返事で、頭上を覆いつつある夜空に溶け込むようだった。

「あの子から相談受けたの？」

「いやー……いや、そんな感じ」

まさかゴミ箱の中身から推測しました、とも言えない。静かに目を逸らす。

「母親には直接相談しづらい話だから、俺に回ってきたんでしょう」

なにしろこのアパートで一番真っ当なのは俺だ。断言する、俺に決まっている。

多分どいつもこいつも自分が一番だと思っているけど。

「だろーね。行って泊まるって電話がくるまで、ちーとも知らんかったもの」

ママンが重い溜息をつく。それは多分、と思ったがその前に聞いてしまった。

「木鳥……娘から話はなかったんですか？」

「お前が勝手に連れてったからそんな暇なかったんダローガ」

そうでした、と返事をする前に首に腕を回された。ぐぇ、と自由を失う。

「娘が世話になったネー」

「そ、そりゃあもう」

礼を言う態度ではないし、聞く姿勢でもない。腰も膝も曲げて、目の前がぐらぐらする。

「どうせ旦那は、ウチに来いとか誘ったんだろうね」

「そ、そうなんじゃないっすかね」

返事を濁す。俺が勝手に言っていいことではないだろう、筒抜けだとしても。

それから「今頃になって」とぼやくとき、言葉が一際重く感じられた。

「どうせなら、最初から……ぐらいは思っちゃうよネー」

重さを自覚してか、ママンが努めて明るくおどける。身を揺らす。俺の頭も揺れる。

景気よく頭が振り回されて、シリアスに浸っている余裕もなくなった。

「まーこれからも娘を頼むヨ」

「は、はぁ」

頼まれてしまった。頼りがいのない男だと思わないのだろうか。

今もこれくらいのことで目を回しているのに。

とりあえず首は解放してくれたので助かった、と腰を伸ばした直後に腕が目の前を通る。

「傷つけるなよ」

ママ上の豪腕が予行演習のように空を切る。なんの予行って、そりゃあ、俺の首をあれこれするときのに決まっている。見ているだけで俺の方が傷つきそうだった。

「ははは……」

笑ってごまかして、どうしても頷くのを先送りにする。

傷つけるな、なんて無茶を言ってくれる。

欠けることのない月を空に掲げるような。

俺はそんなに円満な人間関係の築き方を、知らない。

「もういっそ婿殿《むこどの》にならんか？」

「……は？」

「嘘だヨ」

軽快な言葉を残して、たくましきママンも部屋に戻っていった。次にまた入れ替わって木鳥が出てくるような、繰り返しの気配はない。空気が静まり、固まり、夜に一人取り残される。

波が引くようだった。そして、そいつに濡らされて微かな寒気を感じながら、ぼやく。

「……婿ってなによ」

こんな将来不透明でちょっと筋肉あるだけの大学生を、婿はまずかろう。冗談でよかったと心から思う。木鳥には将来があるのだ。

いや俺にだって十分あるはずなのだが、どうなのだろうと暗黒を睨む。未来が分かる、とは思えない。でも昔の俺は根拠のない自信に溢れていた。見えないからこそ、逆に余裕を持てたと言える。楽天的だったのだ。

そういうものが全部覆《くつがえ》ったのは、彼女との別れが根本にあるのだろう。

当時の俺は多幸感に充ち満ちて、少なくとも彼女と別れる将来なんていうものは絶対に思いつきもしなかった。だからその、絶対にこれからもずっとうまくいく、という確信を持って付き合っていたのにそれがひっくり返って喧嘩別れしたのだから、今となってはどんな物事も全面的に信用しきることはできなかった。傷ついて、臆病になったのである。

それを大人になった、と時々混同しそうになるのが困る。

「ロリコンばんわ～」

喉が詰まる。噎せながら見上げると、二階の手すりを掴んで揺れている比内がいた。手すりをどかどか蹴って非常に近所迷惑な女が、なんと階段も使わないで手すりを飛び越える。

コウモリみたいに影と共に飛来した比内が、足の痺れも感じないように俺の前に立った。

入れ替わり立ち替わり、忙しない夜である。横になって休みたくなる。

そんな俺と対照的に、昼寝が長かったのか、比内は夜なのに元気いっぱいだった。

しかし、まずい場面に居合わせたものだ。居合わせたであっているのか？　分からん。

「ふむ」

比内が口もとに手を添えて、なにを口にするか迷っている素振りを見せる。逃げたい。そうして比内が、さも名案を閃《ひらめ》いたとばかりに明朗な表情となって、畳んだ腕を胸もとに寄せる。で、左右に微妙に震える。

「ぷるぷる、ぼくわるいろりこんじゃないよ」

「……良いロリコンっているのか？」

「いないわ」

断言しやがった。こういうやつが声高に偏見を加速させるのだ。

……いや、俺は別にそうした方々の肩を持つ必要はないのだけれど。

「で、言い訳はあるの？」

「なんのだよ」

「ぷるぷる」

うるせぇ、微妙に左右に震えるな。

「覗き見とは悪趣味なことで」

「手すりに摑まってぶらぶらしていたら、たまたま援助交際の場面に遭遇しただけよ」

「どんな偶然だ」

「意図して手すりに摑まってぶーらぶらーとか遊んでいると思うの？」

比内に限ってはまったく違和感なかった。得体の知れない女には奇行がお似合いだ。でもこいつの面白いところは、得体は知れないのに底はあっさり割れていることである。ひねくれ者で、攻撃的で、喧嘩っ早い。友好的な人間とは対極に位置する。俺とも喧嘩ばかりだ。

しかしその間に吹く風に時折、穏やかなものを覚えてしまうのはどういう具合だ。

「偶然にしちゃあ、あんたとの遭遇率の高さには驚くよ」

比内の目が俺を射抜くように捉える。いつもそうだが、目線が常に真っ直ぐだ。相手への遠慮がないし、逃げもしない。だから時々、恐怖を感じるのだろう。

「あんた俺のこと追っかけ回しているのか？　参るね、あんたの愛は重そうだなぁ」

冗談で言ってみる。この女も不意打ちなら動揺するのでは、と淡い期待があった。

が。

「そうよ、私はあなたという異性に好意を抱いているわ」

「……は、は、ぁ？」

切り込んだと思ったら、鮮やかに切り返してきた。返り討ちに遭い、後ずさる。

俺の反応を見て満足したように、比内の唇の端が吊り上がる。

「好き好き大好きよ」

微妙に嘘くさくなった。というか嘘だろう。なにしろ、目がまるで笑っていない。

この女の心からの笑顔というものを見たやつはいるのだろうか。

「バットスーパー愛してはいないの」

「今までのあんたの言葉で一番嬉しさを感じるよ」

「まぁ本音を言うと、あなたは……PASSさ」

気取っているとも言いがたいなんとも微妙な具合の否定である。

「ケッ、グッドラックだな」

俺が。

「冗談はさておいて、女子中学生に好かれて悪い気はしないんでしょう？」

そう言う比内のシャツを見ると、『硬派《カタハ》』とプリントされていた。どこに売っていたのだろう、このシャツ。まさか自作か？

「好かれる、というか」

「好きでもない男の手にキスなどできるものですか」

私なんか触られるのも嫌よ、と比内が身構える。俺を平気でぶん殴っているのだが、となると案外嫌われていないのだろうか。出会い方としては最悪に近いはずだが、しかし、分からないでもなかった。こちらも意外だが、俺だって比内のことを本心から嫌っているわけではない。

根っこのように隠れている理由は定かじゃないが、彼女との居心地は悪くない。

そう、悪くないのだった。

「悪くは思われてないんだろうけど」

「人の好意を正面から受け止める度量もないのね、逃げ腰のヘタレめ」

はふん、と腕を組んで鼻で笑ってくる。

なぜ無関係のこいつにそこまで好き勝手言われないといけないのだ。しかし、なにより腹が立つのはその評価が大して間違っていないことだ。少なくとも、俺がロリコンであるという荒唐無稽《こうとうむけい》な言いがかりよりはよほど的を射ていた。だから、言い返す意欲も湧かない。

代わりに出てくるのは問いかけだった。

「あの年頃は、年上に憧れたりするもの……じゃないのか？」

「あなたにぃ？」

仰け反るほど疑われてしまった。……確かに俺もこいつに憧れないしなぁ。

そもそも、年上にまったく感じないし。

「年上ってイメージからかけ離れているのよね、あなた」

それ俺が先に思った。

「かといって年下と言うほどかわいげもなく。いいとこなしね」

「うむ、そうだな」

納得したフリをして離れることにした。俺はいいとこなしだから、その仲間が分かる。

こいつとこれ以上話していても、いいとこなしだ。

「げに恐ろしきは金の力ね」

「……そっちの方がマシなんだよなぁ」

金に惹かれている方が分かりやすいし、俺も戸惑わない。……怖がらない。

そのまま離れて部屋に逃げても、比内はそれ以上の嫌みを重ねてこなかった。派手に下りて登場した割に、引き際は静かなので不気味である。背中を気にしながら、部屋の戸を閉じた。

当たり前だが室内は真っ暗だ。昼間から開け放したカーテンの向こうに、町の灯りが見える。随分と低く並んだ星のようだ。部屋を微かに、濡らすように照らすそれの下へ座り込む。

見上げていると、昼から尾を引く蒸し暑さをしばし忘れそうだった。

まだ手の甲が僅かに湿っている。拭うか迷い、指先が宙を空回りする。

「………………」

正面から見据えることができなくても、朧気な輪郭ぐらいは理解できる。

好きかと聞いたら、好きだと勢いで返ってきそうで。

じゃあそれでその後どうなるか、と考えて。

それに応えても、拒絶しても。

絶対に傷つけることになるから、怖くて仕方なかった。

そんなことがあってから、三日が経った。そしてゴミ箱からゴミが溢れかえった。朝一番から鉄砲水のように噴き出してくれたものである。危うく寝ている顔面にゴミの山がのしかかってくるところだった。起き上がると頭が重い。寝汗も不愉快だ。一体いつになれば夏は終わるのか。未だその兆しも見えてこないのだった。

「……まぁ、なんにせよ」

俺が出したわけでもないゴミ捨てから始まる朝は、季節がいつであろうとも爽やかってわけにはいかないだろう。放り出されたゴミを纏める。黒い髪の毛だらけで、「うぇー」と二階の髪切り男を恨む。夜中に髪を切るというのはどうも不気味な印象が強い。一体どういう生活をしているのか。全部ゴミ袋に移して、そのまま捨てに行くことにした。

閉じきって空気の淀んでいた部屋よりは、外の方が不快じゃない。

そうして、朝日を側頭部に浴びて溶けるような心境でアパートの敷地から出ようとしたときだった。

「きみ、本当にゴミ出しが多いな」

いきなり横から飛び出してきた男が、俺の前に立ち塞がった。面食らい、背筋が伸びる。

柳生だ。待ち構えていたように、いや、事実俺を待ち伏せていたとしか思えない登場の仕方だ。それがなにを意味するのか、自分の抱えているゴミ袋と合わせて朧気ながら察する。

「そこで気になるんだが、どうして俺がゴミ箱に捨てたものがそこにあるのかって話だ」

寝不足なのか、目の淀む柳生がゴミ袋を指差してくる。ああやはりそういう、と眠気が完全に引く。しかし敢えて眠たげな目つきを残したまま、反応を鈍くして相手の出方を窺う。

「俺は一晩中観察していたぞ、ゴミ箱の中身が消えるまで。あぁ眠い」

欠伸《あくび》をかみ殺した柳生の歯が、怒りで鋭利に尖るように見えた。

頼んだわけでもなく勝手に検証しておいて、俺に怒るのは理不尽と思わないのか。しかしそこまで調べて動いてきたなら、まぁ大体分かってはいるのだろう。

「ふーん」と、摑みづらい態度を取ると柳生から攻め込んできた。

「どういう手品を使ったか、説明してもらおうか」

「……手品ね」

仕組みが分からないのに説明できるはずもないし、なによりこのゴミ箱を残していったのは彼女だ。そして本物の魔法使いはもうここにいない。残滓《ざんし》が、俺に物語を与えているのだ。

「まぁとにかくきみの部屋で話し合おうそうしよう。立っているのが辛いんだ」

柳生が俺の肩に腕を回して、部屋へ引っ張っていく。ゴミ捨てでないんだけど、と袋を揺らすが柳生の濁った目には映っていない。そのまま強引に引き返す羽目となり、柳生は宣言通りに靴を脱いですぐ倒れ込む。倒れたまま、人の部屋に這って上がり込んできた。

そこまで辛いなら部屋に帰って寝ればいいのに。

玄関先にゴミ袋を一旦置いて、やむなく部屋に上がる。と、俺が腰を下ろした途端に柳生が迫ってきた。がさがさと床を這って俺の足もとにやってくる。額を蹴るか少し迷った。

「きみ、魔法使いってわけじゃあないんだろう？」

「そんなもん使えるならお菓子の家に住んでいるよ」

こんなとこじゃあなくてさ、とおどける。

「じゃあ」と言葉を続けようとする柳生の鼻っ柱を、言葉で殴り返す。

「悪いが、俺はあんたと友達じゃない。正直にあれもこれも話す必要がないね」

それに話したところで、ゴミ箱を捨てろという答えが出てくるに決まっていた。

ゴミ箱を一瞥しながら、そいつはなぁと引っかかりに苦笑する。

しかし考えてみると、なんで後生大事に持っているのだろう。

もう比内のポエムは届かないのに。彼女の書いた『神』という字に目が行く。

あれのせいだろうか。

未練があるのか？　未練なのか？　未練っていうのは可能性があって初めて意味あるものだぞ、どうなんだ？　と自問が滑車《かっしゃ》のように回る。幾度の空回りを経《へ》て、いや、と否定する。今の自分は未練ではなく、安定を欲しているように思えた。ゴミ箱はその象徴なのかもしれない。

「…………………………………おい、話聞いているのか？」

柳生が肩を揺すってくる。瞳を覆う膜が弾けて、内を向いていた視界がばぁっと開けた。

柳生がいて、側にいて、暑苦しい。そんな現実が目の前に広がっている。

「悪い、なにも聞いてなかった。話さないのは確かだが話を聞かんのは失礼だな、そいつは謝る。だから申し訳ないがもう一回言ってくれ、それからまた断る」

非礼を詫《わ》びて丁寧に対応してみたのだが、柳生が下唇を突き出して憤懣《ふんまん》やるかたないといった顔つきになる。これ以上どうしろというのか……ああ、素直に全部話すのが最良なのか。

でもそれは俺にとって都合よくないから、それ以外で納得してもらうしかない。

そうやって説得するにはどうすればいいのかと悩んでいると、柳生が俯いた。

「分かったそいつについてはもういい」

柳生が早口で納得してしまう。え、いいのか。充血した瞳に宿るものと裏腹に案外、あっさりと諦めてくれたものである。その引き際にむしろすっきりしないものを感じていると、柳生が顔を上げる。そこには直視されると、思わず尻の浮きそうなぎらついた目が生まれていた。

「実はそんなことよりお話ししたいことがあるんだよね」

ゴミの件などそのきっかけに過ぎないとばかりに、柳生が迫る。迫るな。女ならともかく、男に無遠慮に距離を詰めて息苦しくないのか。柳生が間近で俺を睨む。

その瞳には恨み節が滲んでいるようで、なにか買うことあったかと首を傾げそうになる。

そいつの答えは、柳生自身が明かしてくれた。

「きみ、最近仲が良いみたいじゃないか」

「は？」

ちょい、と壁を指差す。壁の方向を確かめて、隣の部屋にいるやつを思い浮かべる。

「西園？」

「死ね違う、もう一つ隣」

「……木鳥？」

さらりと暴言が混じっていたがそこに言及する余裕はなく、彼女の名を呼ぶ。

びきっと、柳生の目の端が吊り上がった。ついでとばかりに首肯する。

「いいよな？」

「まー、悪くはないかな」

いつも思うが、相手との仲が良い、なんて分かるものだろうか。

それぞれに基準があるのだから、一方的に感じたものは思い込みに過ぎない。

そのすれ違いが、俺と彼女の別れた原因なのだから。

でも仲の悪さというものは大体分かる、この不思議。悪いの反対に良いがないのだろう。

「昨日は夕飯までご馳走になっていたな」

なんで知っている。目がびきびき引きつっている柳生は、今にも髪まで逆立ちそうだ。

もしかして聞き耳でも立てていたのか、こいつ。柳生の部屋は丁度、木鳥母子の部屋の上にある。床に耳を張りつけていれば聞こえるものはあるはずだ。想像して、ええ、と戸惑う。

こちらが困惑している間も、柳生の追撃は止まらない。

「なぜきみと仲がいいんだ」

「は……」

「なぜきみに笑顔を向けるんだ」

なぜだなぜだ、と詰め寄ってくる。顎を額で押してくるな、気色悪い。

とにかく離れろと肩を押したら柳生が転がり、のぉぉぉ、と額を床に擦りつけて悶える。

季節外れの寒気を感じ出したのはこのあたりだった。

「あのぉ、騒がれると近所迷惑というか俺の評判が落ちるというか」

「地の底にあるようなお前の評判など落ちようがあるかっ」

柳生が返し言葉のように言い捨てるが、一理あった。大家の心証は最悪で固定だろう。

それもこれも比内が悪い。ということにしておく。実際、騒動後のあいつの工作が影響している部分も大きかった。

「そんなことより木鳥くんだ。きみ、今まで大して仲良くなかっただろう」

胸ぐらを摑まれながら問われる。あれもこれも話す必要がないねと先程お伝えしたではありませんか、と言い出しづらい迫力がある。右を向いたら首の骨を左に折ってきそうだ。

「あー……木鳥が、その、お気に入りなわけ？」

言葉を選んで質問してみる。底の見えない沼に慎重に足を踏み出すようだった。

しかしそもそも、沼を歩こうとする時点で慎重ではないのだった。

「お気に入り……そういう表現もあるな」

柳生が冷たい岩の塊になったように、動きを停止する。で、ぽつりと言う。

他の表現を聞くことに躊躇してしまう。

「彼女を見ると、滾《たぎ》る。そう、滾るんだよなぁ」

聞きたくないのに勝手に話し始める。滾るって、なにが。とは質問できない。

ある意味してみたいが、危うさも感じて二の足を踏む。

柳生がそのまま目尻《めじり》を震わせながら、知りたくもない告白をこぼす。

「あぁ彼女の毛を切ってあげたい、整えてあげたい」

「ああ、そういう」

「毛なら上でも下でも構わないよ俺ぁ」

俺というなんちゃってが霞《かす》むほどの変態がここにいた。

「……あ」

その発言がきっかけとなって、察することがあった。

この柳生という男の部屋から出てくる女は、みんな髪が短い。

そしてその髪型が、どいつもこいつもおかっぱ風になっていることに気づいた。

気づいてしまって、ぞぞぞ、と不快に駆け巡るものがあった。

「……うわ」

うわぁ、となる。それ以上の感情が湧かない。うわぁ、としか思えなかった。

正直、手もとに火炎放射器でも持っていたらつい焼き払ってしまいそうである。消毒しないと、という気に誰もがなってしまうのではないだろうか。

やっぱりこのアパート、俺ぐらいしか正常なやつがいない。

どうしてくれようこの変態さん。とりあえず俺の部屋から出て行ってほしい。

「俺はずっと、見守って……笑顔も絶やさず……」

なにかぶつぶつ言っているが、見守っているのではなく眺め回していただけではないか。

「そっちの方がよっぽど手品だ。なにをやった、さぁ話せ」

再び俺のシャツを締め上げてくる。そこまできて、なるほど、と思った。

どうやらそれを問いただすきっかけが欲しかっただけのようだ。ゴミ箱の謎なんて心底どうでもいいのだろう。真っ直ぐではある。脇目もふらずである。でも変態だった。

「おら、おら、話せって」

揺さぶってくる。いつの間にか壁際に追いやられて後頭部をがつんがつんと打ちつける羽目になるが鈍い痛みを感じている余裕もない。とにかく柳生をどうにかしないといけなかった。

なにをやったって、えーと、パンツ買うのを断って、援助交際も中止してそれから。

「頭にザリガニを載せたぐらい、かな?」

詳細を省くとそこしかなかった。柳生の目が混乱の波に遭って泳ぐ。が、すぐ復帰する。

「そのザリガニというのはまごう事なきザリガニなのか、ある種の隠語ともいうべき」

「破邪ーッ！」

許される暴力なんてものがあるのか分からないが、確信を持って蹴った。

ロリおはようございますは成立しない！　言葉が繋がっていない！

そうじゃない！

胴体を蹴っ飛ばされた柳生が軽薄に飛んで転がる。咄嗟に自ら身を引いて後ろに退いたためかさしたる苦痛もなさそうだ。軽快な変態である。フットワークの軽い変人など世界のどこに行こうとも歓迎されない。ここで退治しておこうと、「きょー」と足を上げて十秒ぐらいで倒れそうな構えを取る。一方の柳生は親の敵でも見つめるように俺を見上げ続ける。

が、その敵対的な顔つきが冷静に立ち戻り、俺に疑問を発する。

「生えているのかな？」

「なにが」

「下の毛」

「俺が知るか！」

「知らないのか……」

なんで安堵した表情になっているんだよ。急に落ち着く傾向のあるやつは一番怖い。逆もまた然《しか》りだから。

そして、ますますおかしくなるのは、ここからだった。

始まりはこの直後に木鳥がやってきたことだ。木鳥が小さい鍋みたいなものを持って俺の部屋を訪ねてきて、柳生が叫んだ。いや吠えた。しかし同時に折り目正しく正座して木鳥を出迎えたことにはある種、感服した。迷彩の上手な変態である。だから他の女に人気があるのか。

そしてその騒々しさに惹かれるように、一斉にアパート住人が動き出す。野次馬共の夜明けである。まず西園がすっ飛んできた。スライドするように玄関へ滑り込んできて、つんのめってぶっ倒れてから脱げた下駄を天井にぶち当てたあげく、そのまま転がって上がり込んでくる。

その過程で三度ほど蹴り飛ばしたくなった。次いで前を通りかかって騒ぎを聞きつけたらしいワカメ男が、「なんだなんだ」と部屋を覗き込んでくる。そしてなぜか上がってきた。

ろくに話したこともない男が、暑いばかりの部屋にラベンダーの香りを持ち込む。

この男はなぜか、外見にそぐわない花の香りを纏っているのだった。

最後に比内は窓から入ってきた。なぜか分からんが飛び降りて窓に張りつき、髪を振り乱してこちらの肝をたっぷり冷やしてからのご入場である。今は冷蔵庫を覗き込んで「アイスがないわ」とお怒りのようである。そんなもの常備しているはずがない。

「せめて羊羹《ようかん》ぐらいは常備しておきなさいよ」

「甘味屋じゃねえんだよここは」

「あ、俺、持ってきましょうか！」

西園が割り込んでくる。比内は冷めた目で西園を一瞥した後、「結構」と拒否した。

俺が買いに行こうかと冗談でも提案したら、『はよ行け』と尻を蹴っ飛ばしてきそうなのにその対応の違いはなんだろう。どちらが高評価なのだろうか、と少し考えてしまった。

そして冷たくあしらわれたのに、「はい！」と元気よく返事しながら身もだえしている西園は末期的だった。

……とまぁ。こんな経緯を経て、朝一番から人口密度が最大限に高まったのであった。

少々、回想が長かった気もする。しかし目の前の現実はなし崩しに解決されるほど、時間が経過しているわけでもなかった。とにかく全員が不景気な顔をしながら暑さに耐えている。

みんな出ていけ。

「とりあえずいいですかー」

はい、はーいと西園もといおバカさんが手を上げる。

「そもそもなんでお前いるの？」

「ぼくの座布団がないんスけど」

人の質問は無視して不平を述べてくる。そもそも、そんなものはここにない。

ちなみに配置としては窓際に俺がいて、その横に木鳥がちんまりと座っている。扇風機の前に陣取るという暴挙に出ているのは当然比内で、西園はその比内の側にできる限り近寄ろうとがんばっているが、分速で三ミリも接近できていない。正座しながらもじもじ動こうとあがく姿はいじらしくも気持ち悪かった。それから柳生は、俺の真っ正面に座っている。邪魔だ。

こうしてみると、壁際に密集していた。狭い部屋の半分を空かせているのは明らかに偏りがあった。なんともかわいくないすみっコぐらしである。その中で一番後ろに控えて一人体育座りしているワカメ男は賢明というか、本当に関係ない気もする。

ワカメ男に視線が集うと、鼻を掻きながら自己紹介してくれた。

「え、まぁ……ふふふ、私は歴史の立会人というところかな」

なにを言っているんだこのワカメは。全員がしらけたような目を向けるが、本人は満足げだ。一度言ってみたかった、とばかりの充足感がワカメに瑞々《みずみず》しさを与えている。

「正直、君たちと大した関係はない。だから面白そうなので他人事として見に来た」

正直者だからなんでも許されるわけではない。いやそもそも、他の連中だって俺に関係あるのか？　という話である。ゴミ箱がゴミに飽き足らず、人まで集めてしまったのか。

とにかくいつまでも見つめ合っているだけでは熱中症しか呼び込まない。

「そういえば、それは？」

木鳥の抱えている鍋に注目する。木鳥が「あ、はい」と鍋を掲げる。

「神さんに朝ご飯のお裾《すそ》分《わ》けを、どうですかと」

「ほぅ」

全員で顎に手を添えるポーズするの止めてくれないか。あと、柳生だけ目が怖い。

料理は成仏とか言い出しそうな剥き出しの瞳を向けるの止めてくれ。お裾分けは、嬉しいのだが。

「中身なに？」

「ジャガイモのスープです」

「お、なんか美味そう……だなぁー」

柳生の視線が気にかかり、へっへっへと変な笑いが混じる。木鳥はそれをどう解釈したのか、髪を弄りながらはにかむようにしている。これで汗が滲んでいなければ絵になるのだが。

比内を除いて皆汗だくとなっていた。扇風機を独占する比内もさして快適とは言いがたいらしく、不愉快そうに眉を寄せている。全員に言えるが、簡単な解決法をなぜ選ばないのか。

俺だけ出ていきたいが、正面の柳生が邪魔しそうだった。

その柳生がにこーっと、汗を垂らしながら微笑む。勿論、木鳥に向けてだ。

「木鳥くん、はー、こいつの、こちらと仲がいいみたいだね」

良い格好したいのか、ぎこちなく俺への無礼を隠している。隠せてないけどな。

「仲がいいとかではなく、最近、お世話になっていますから」

木鳥が俺を横目で見る。木鳥が俺の隣に座っていること自体、柳生は気に入らないんだろうなぁと思いながらにっこりした。しかしお世話したのは一度だけだが、礼は二度目となる。いいのか、と思うが恩義を回数で計算するのが正しいかと言えば疑問の残るところだ。恩を感じている間はいくらお礼しても本人の自由だろう。

それは恩義に限らず、善意、悪意を通り越した人間の感情の在るべき姿かもしれない。

「…………………………………」

自然、ゴミ箱に目をやる。

俺は彼女に、どれくらいの好意を届けることができただろうか。

「そうなんだー、お世話にー、いやー、へー」

木鳥がいなければまた俺の首でも締め上げたいのだろう、声だけは穏やかな柳生の目と、角張った頰が俺を捉えている。なにか言いたそうなのを堪《こら》えている、間延びした語尾が印象深い。

「具体的にどうお世話したんだ？　そこんとこ知りたいねぇ」

西園が白々しく絡んでくる。知っていてよくも言うよ。

「西園さんには、関係ないです」

意外にも俺より先に木鳥が反論した。弱くはあるが、きろっと、西園を睨んでいる。

その木鳥の反応を気に入っているのか、西園は愉快そうに肩を揺らす。

「まー関係ないけどさー、うんー、神はロリコンだしさー」

なに俺を軽い調子に貶めているんだ。比内の心象を悪くしたいのか。

もうそんなことはとっくに知っているから、効果はないぞ。……事実無根だが。

その比内は扇風機に張りついて「ぶぉーぶるるる」と唇を震わせて遊んでいた。

そのまま扇風機のコードを巻いて本体にくくりつけてお外にポイしたい。

「あ、木鳥くんは中学生、だったかな」

普段はもっと丁寧に、紳士《しんし》的に接して落ち着いているんだろうな。

今はボロが出かかっている柳生が、そんなことを確認する。聞くまでもなく知っているはずなのに、どういう意図があるのやら。木鳥が控えめに「はい」と頷くと、柳生が快活な調子で、

「じゃあ、あの、好きな男子とかいるのかな？　なんてねあはは、ほら年頃だしさ」

聞いていて、おいおいとこっちの顔が渋くなる。

いくら気になっているとしても強引すぎるだろう、そりゃあ。

爽やかさで着飾っているが、微妙に気持ち悪いのは隠しきれない必死さが滲んでい

るからだろうか。中学生みたいな内容を年上じみた言葉で言おうとして失敗している
なぁと眺めていたら、柳生に睨まれた。柳生にとっては真剣そのものの問いらしい。

しかし他の男との関係が気になるとはいえ、若干遠回りな気もする。

多分、『隣の男とはどうなんだ』と、直接聞けるものなら聞きたいのだろう。

木鳥も「いえ」と小さく呟いてから適当に返事しておけばいいのに、妙な間を作る。

目が左右に泳いで、ゆっくり、自分の内にあるものを噛みしめるように時間をかけて
から。

「好きってほど、はっきりと……してない、ですけど、なにか気になる、みたいな……」

木鳥がごにょごにょ、窮屈そうに口を動かしている。まぁそれでも大体は伝わる。

それはいい。

問題はその後、俺を意味深に一瞥してしまうから、余計にややこしくなる。

多分わざとじゃないのだろうけど、目があってしまったのでごまかしようもない。

「……おぅ」

「はい……」

二人揃って俯く。頭の上で誰かの歯軋りが聞こえるのは気のせいだろうか。

「あ！　いえ、やっぱり、特には、いないです……」

慌てて訂正するが、ひ弱だ。否定の意味を成していない。

「あのじゃあその、わたしからもいいですか」

木鳥が早口に提案する。目も回っているが口の回りも早い。柳生がぱぁっと期待に表情を明るくするが、木鳥の目が向いた先にいたのは比内だった。

「なんで、窓から入ってきたのかなと」

木鳥が比内に尋ねる。確かにそこを気にしない方がおかしい。

でもこの状況で聞くか？　とも思う。木鳥もやっぱりちょっと変だった。

話を振られて、扇風機と友達になっている比内が振り返る。

「私？　彼の部屋へ遊びに来るのに理由なんて必要ないわ」

質問に答えていない気もする。が、挑発的に、その意思を誰に向けているのか定かでないが、そうしたものを含んだ発言を振りまく。場が凍《こお》りついたのは言うまでもない。辛《かろ》うじて口が開けるのは俺ぐらいのようだ。

「彼って誰よ」

「ぶぉー」

音を真似しながら扇風機の風を浴びせてくる。最近切っていない髪がぱたぱたと揺れる。

俺のことらしかった。まったく身に覚えがないので、照れる以前の問題だ。

なぜそんな嘘を、平然とつく。

「ははは、またまたー」

西園が顔を引きつらせながらも笑い飛ばす。なー、と便乗して一緒に朗らかに笑っていたら瞬間、西園が鬼の形相を剝く。西園まで柳生化してしまった。まぁこいつはいいや、喧嘩弱いし基本的には暴力を好まない。大ざっぱに言えば、俺側の人間なのだ。

柳生はそうした枠組みから少し外れているように思える。

ではもう一人は、どうだろう。

木鳥も、ぽかりと口を開けて固まっている。けどその時間は短く、すぐに口もとと眉間が引き締まる。険しい顔で俯いている。なにかを思い返そうとするときの表情に見えた。

それが終わると木鳥は、俺ではなく比内に視線を注ぐ。

もごもご、唇の内側がうごめいている。舌が暴れているかのようだった。

「なに？　はっきり言って頂戴」

比内もすぐにその視線を察して、木鳥に問う。「いえ」と木鳥がすぐ目を伏せて、そのまま、俺へ助けを求めるような目を向ける。そこで俺に頼られても、どう手助けすればいいのやら。

「あんまり苛めてやるなよ」

取り繕おうとすると、比内がムッと唇をへの字に曲げる。

「なにか用ですか、と尋ねることのどこに苛めがあるの」

「顔かな」

眼光だけでいたいけな女子中学生を萎縮させるには十分な威力だ。

きょーと、比内が怒りのままに飛びかかってくる。そいつを迎え撃とうと座ったまま前に出る。と、木鳥がその間に飛び込んできた。急だったので止まることもできず、木鳥が俺たちに挟まれて押し潰される形となる。左の胸に側頭部を打ちつける形となり、こちらもはっきりとした痛みを感じたので結構な勢いで当たってしまったようだ。

「だ、大丈夫か」

俺と比内の胸で二度も弾んでいたぞ。比内はともかく俺の胸は結構な痛みを伴うのではないか。いや比内の胸もそれなりに痛いかな、と訂正しかけた直後に比内の殺気を感じたので慌てて顔をあげる。比内が人の心中を察したように握りこぶしを構えていた。

どんな感性を持っているんだ、この女。寒気に近いものを覚えながらも対峙《たいじ》していると。

「えぇと、喧嘩は、よくないですから」

そう言いながら木鳥が再び割り込む。

小さな手で俺と比内の肩を押して、離れさせようとする。冗談ではなさそうだ。

貧弱ではある。しかし、力自体は強く籠もっていて、比内と俺が顔を見合わせる。比内は、意地悪そうに口だけ笑っていた。

「このお方の顔がどう不満足だコラ!」

一難去ってとばかりに西園が飛び込んでくる。来るなよ、と心底思ったが侮辱《ぶじょく》は許さないとばかりに突撃してきた。「あばー!」と両手をカマキリみたいに構えて襲いかかってくる。大分お脳が茹で上がっているらしい。それに押されて木鳥が倒れそうになって、咄嗟に腕を回して支える。すると肩を抱く形となり柳生が当然のように目を剝く。あぁ、と目眩を催しそうだった。比内は比内で、「早く言いなさいよ」と木鳥にちょっかいをかけている。

その比内を、上目遣いながらもしっかりと見つめる木鳥もまた、意思に燃えていて。

収拾つかなくなってきた。ワカメ男がちゃっかり移動して扇風機を自分の前に持っていってしまったことも含めて、熱病にでも苛まれてしまうようだ。誰も助け船を出してくれないし、騒ぎの中央に埋め込まれていて逃げ出せそうもない。大家でもいいから乱入してこの場を収めてくれないものか。こんなときに限って出現しないあたり、なんとも俺の知る大家だった。

右を見る。木鳥が赤面しながら比内を見つめている。比内はその目を面白がるように口の端を吊り上げている。左を見る。西園はわいわい言いつつ比内との距離を詰めようとする。柳生は俺を敵視しながらさりげなく木鳥との間に割り込もうとする。

どっちを向いても、湧き上がるものは共通していた。

めんどうくさい。

俺は疲れた。誰も彼もが疲れていた。ならいいのだが、柳生と西園は元気だ。

これ以上はついていけそうもない、ならば。

俺はワカメ男を見習い、体育座りとなって身を固くする。ここは状況と無関係を装い、やり過ごすべきだ。俺は椅子だ、石だ、と念じて暗黒に浸る。どんな騒ぎが起きようと、話の矛先が向こうと、怒りをぶつけられようと無視してやり過ごすのだ。荒れ狂う波に凪《なぎ》が戻るまで、たとえ蹴り飛ばされようとも殻に、ってなぜ足が出てくる。

顔を上げると楽しそうに人を蹴っていたのは比内だった。本気ではなくとも、軽快に尻を弄んでくる。

「なんであんたが率先して蹴っているんだよ！」

「やー」

べしべししてくる。そのあたりで頭のなにかが切れて、うきぃと、飛びかかって反撃に出た。

閉じこもり作戦は呆気《あっけ》なく瓦解し、混迷の渦へと自ら飛び込んでいく。

どうせこれ以上評判が落ちることもないなら、捨て身以下。捨てる身もないのだった。

そんな時間がようやく過ぎ去り、台風の目を迎えたように騒動が収まったのを見て事態の収拾のために動いた。見送りというより追い出すために率先して扉を開き、外で全員を手招きした。多様な靴が玄関を占拠するなんて、初めてだ。正直、邪魔だった。

おら帰れおらおら、と手招きを繰り返す。閉じきってサウナを彷彿《ほうふつ》とさせる熱気に満ちていた部屋の住人は、生温くはあるものの新鮮な空気を求めてゾンビのようにこちらへ誘導されてくる。どいつも、もれなく汗だくで見るだけで嫌になる。

「覚えておけよ」

生きていて初めてそんな捨て台詞を本気で吐かれた。ケッ、と柳生が去って行く。

「覚えておいてねっ」

「裏声を使うな忘れさせてほしいほど身をくねらすな」

頭のどこかが焼き切れたのか、いつもよりおかしい西園も去って行く。地平線の彼方《かなた》まで消えてほしいが、アパートの部屋に入っていった。

ケッ。

次に出てきたのはワカメ男だった。男は目が合うと、カモノハシみたいに横に広い唇を動かして「三四郎《さんしろう》だ」と名乗った。なんだか赤酒ばかり飲んでいそうな名前である。柳生に三四郎に喜助と、このアパートには古風な響きの名前が集うのだろうか。

その三四郎ことワカメ男が「いやなに」と頭を掻く。

「俺はだな、別のアパートに住んでいたのだが、急遽《きゅうきょ》、部屋が必要になったというか、譲ったというか、占拠されたというか……まぁ事情があって近いここに移り住んできたんだ」

「はぁ」

「ここは賑やかだねぇ」

頭をがしがし掻きながら、ワカメ男が離れていった。部屋ではなく出かけるつもりらしい。

偶《たま》に姿を見せる美人に会いに行くのかもしれない。

ケッ。さっきから悪態が止まらないのであった。そうして不景気な顔をしていると。

「……あの」

こそこそと、首を引っ込めるようにして木鳥が出てくる。「ん、おぉ」と曖昧に頷いてから見つめ合うと、夕陽を前借りしたように、じんわぁ、と木鳥の顔が赤く染まる。

なんだその反応、とこちらも思わず目を伏せるように逃げてしまう。

ちなみに今はまだ朝の十時にもなっていない。やり終えた感はあるが、一日の終わりは遠い。

「さっきのは、えっと、深い意味が、ない」

木鳥がぼそぼそと弁解のようなものを口にする。それから、背筋がびんと伸びた。

「そ、そういうノじゃなくて！」

声が途中から裏返っている。釣られて思わずこっちも直立不動になってしまう。

「どういうのでも、ないんですけど！」

「う、うん」

柳生が舞い戻ってきそうだから、大きな声は控えてほしい。

「じゃあ、なにかっていうと！」

「……いやなんだ、落ち着け」

木鳥の目がぐるぐる回っているせいか、あ、俺思ったより冷静なんだと比較して落ち着いてしまう。木鳥はそのまま「失礼します！」と色々省いて深々と頭を下げて、そのまま早歩きで逃げていった。限界を悟ったのだろう。「お疲れ」と小声でその後ろ姿をねぎらった。

中途半端に開いた扉に寄りかかり、息を吐く。夏の暑さより濃密な時間を過ごして、へこたれそうだ。こういうときこそ冷房の効いた部屋で大の字に横になりたいものである。

しかし現実、部屋でがんばってくれるのは扇風機だけだ。

その扇風機の羽根が回る音を、背中に聞く。

……はて。

「ひのふの……」

指折り数えてしまった。で、一人足りない。少し考えてハッとなり、部屋に引き返してみる。

比内が寝転がりながらテレビを観ていた。「わははは」と硬い声で笑っている。兄弟で焼き肉を食っている場面のどこが愉快だ。いやまぁ、ある意味愉快かもしれないが。

「なにくつろいでいるんだよ」

「くつろぐ？」

比内が横着に、寝転んだまま振り向く。その目は潰れるように細められていた。

「こんな部屋でくつろげるとでも思うの？　認識が甘いようね」

クッションもないわ、とごろごろ転がる。巻き上がった埃を蹴り飛ばして遊ぶ。楽しそうだなおい。

「……じゃあ帰れよ」

別に無理して窓から帰れなんて言わないから。な、俺って謙虚だろう。

同意を求めつつ座ったが、比内は転がったままだった。こちらを見向きもしない。

「あんた、部屋に帰っても暇なんだな。きっとさ」

徹底して無視される。羨みたいほどに自己中心的だった。

こっちも口を噤むが、そうなると先程のことを思い出してしまう。

なんで平気な顔をしているんだ、と比内に対して恨みのようなものが芽生えた。

「あんた、さっきは色々と問題を作ってくれたもんだな」

「なにが？」

「いや、だから……俺が好きとか、大嘘ついてくれたなと」

「そんなことないわー、ちょうあいしてるわよ」

「……背中を掻きながら言うな」

頬杖をついた比内が、冷めた調子で口を開く。

「あなた、heでしょう？　彼で間違いないじゃない」

「そんな屁理屈《へりくつ》聞きたかない」

「男に言い寄られないようにするには丁度いいと思ったのよ」

「西園のことか？」

気づいていたのか。あいつが直接言うはずないとしても、分かりやすいか。

「私はああいう男嫌いだもの」

「それは分かるが……」

しかし一応友人なので、少々気まずい思いがある。

そうしたものが表に出ていたのか、比内が曖昧ながらも笑うように頬を曲げた。

そして。

「お人好しね、喜助」

「……んな」

お人好しと評されたことよりも、名前を呼ばれたことに衝撃を受ける。

下の名前で呼ばれるというのは、俺の中で無視できない特別さを伴うのだった。

比内が起き上がる。そのままやや前屈みに歩いていく。振り向き、目で追った。

「どこに？」

「どこもなにも、帰れと言ったのはあなたよ」

「あ、うん。そうだな」

いささか混乱していたようだ。そりゃあいい、と力の失せた声が斜め上に漏れた。

輪郭を意識できない喜びは、扇風機の風に容易《たやす》くかき消される。

しかも比内は玄関で振り向いた。ずかずかこっちへ戻ってくる。

『やっぱやーめた』とでも言い出すのかと思ったら、俺の前に片膝を突いた。

遠慮がないように側まで顔を近づけて睨んでくる。

「な、なんだぁ」

虚勢を張ろうとしてみたが勢いが伴わず、情けなさだけを露呈する。

それに冷ややかな態度でも向けてくるかと思ったが、比内の目は俺の手に向いていた。

「空いているのはこっちだったわね」

「は？」

左手を取り、比内が前のめりになる。既視感に視界がぐらついた、その直後。

手の甲に柔らかい唇が添えられた。

「…………………………」

硬直してしまう。指の先まで石になったように動きを止めて、その仕草に見入ってしまう。

血流の音がけたたましい。耳の裏から二の腕まで、激しい音が鳴り止まない。

髪を掻き上げながら唇を添える比内は、普段の熾烈《しれつ》さを潜めて神々しくすらある。

そしてこちらのような動揺もないのか比内は早々に口を離し、俺を一瞥した後にさっさと出て行ってしまう。一人残された俺は腰が抜けたように立ち上がることも出来ず、ようやく、指先が震え出すという有様だった。

好きでもない男の手にキスなどできるものですか。

数日前の夜の、比内の言葉が蘇《よみがえ》る。直後、頭を押さえる。掻きむしる。

溜まっていた汗が額を割り、鼻を越えて顎をくすぐった。

「なにしてんだよ」

つい、そう呟いてしまった。応えるべき比内は既に部屋の中に見当たらない。

しかしその直後、俺の宛名のない独り言を聞き届けたように。

ばこんと、天井を叩く迷惑な音が聞こえた。

四章
『小鳥のさえずり』

大人っぽくなったねと友達に言われた。二学期が始まって二日目のことだった。

「え、どこが？」

まったく自覚がなかったから、思わず頬杖から顔を浮かせてしまう。身体を動かすと、教室に溜め込まれた熱を水のように掻くことになってその暑さをより意識してしまう。

「ずっと座ってなにか考えているみたいじゃん、木鳥」

その横顔が大人っぽいような気がする。と言われても、自分の顔は見られないから自覚がない。そんなになにか考えていたかな、と振り返ってみるけどパッと思い出せるものがない。

「暑いからじーっとしているだけじゃない？　かな？」

自分のことだけど返事が曖昧になってしまう。授業と授業の間の休み時間。教室の騒がしさを遠くに感じていたみたいで、ぼーっとはしていたんだろうと思う。授業はほとんど無意識に板書を写すだけで、内容はほとんど耳に入っていなかった。それはよくない、と反省する。

「あと横の髪がちょっと長くなったからかも」

そう言ってから、友達が席に戻っていった。姿勢を戻した後、髪を摘む。夏休みが始まる前、七月あたりから切ってもらった覚えがない。いつもは散髪代が勿体ないからお母さんが切ってくれていた。でも今年の夏は色々あって、特に後半はなんとなく避けていたように感じる。

一緒にいて、動けない雰囲気になるとあまり聞きたくない話が始まりそうだったから。

それはさておいて、髪はどうしよう。長くすると手入れが大変だし、なにより、わたしには似合わない気がしていつも短くしていた。でも、と髪を見つめたまま考える。なんでだろう。そこでどうして出てくるのか分からないけど、神さんはどっちの方が、かわいいって感じるんだろうって考えてしまう。どっちなら、神さんはもっと注目してくれるのかな。そんな悩みが挟まれる。髪の毛の長さとか髪型を、自分の好み以外に合わせたことなんて一度もないのに。

神さん。わたしの家の、お隣の、お隣さん。去年の春からアパートに入居してきた人。挨拶に来たときはお昼でわたししかいなかったから出たけど、初めは少し怖かった。背もわたしよりずっと高かったし、威圧感も含めて『大人』を感じてしまっていた。

正直、愛想もあんまりなかったし。神さんも案外、緊張していたのかもしれない。

それからは、大して話す機会もなかった。アパートの前で彼女らしき人と楽しそうに話しているときの印象が薄ぼんやり残るぐらい。賑やかというか、周りを意識しないぐらいうるさいときもあって、それは今の神さんと似つかない、まったく違う姿だった。

なんでか今になって、その神さんの様子を鮮明に思い出す。

神さんも、ああやって誰かに夢中になると我を忘れたみたいにはしゃぐんだ。

じゃあ普段、わたしの前で優しそうに笑っている神さんは、なんなのだろう。

今までは思い返しても右から左へするりと抜けていったそれが、今は、痛い。胸とお腹の間に張りついて、しつこく、息を詰まらせてくる。それに耐えようと俯いて口を噤んでいると、傍から見れば考え事をしているように見えるのかもしれなかった。

でも当のわたしは、それどころじゃない。

分からない。なんだろう、このどうにもならない身体の締め付けは。そして締め付けられているのにその隙間から、自分がぼろぼろと風化して散っていくようにも感じられる。

今の自分がどんどんと崩れて、どこかへ行ってしまうような。不安めいたものしかない。

鼓動に喧噪《けんそう》。足もとに目の置き場。どれ一つ据わっていなくて、噛み合わない。

そうなってくるとなにもせずジッとしているのが辛くなって、気づくと前の授業で配られたプリントの端に、『神さん』と書いていた。

神さん。下の名前は、彼女さんとのやり取りを思い出すと『キスケ』と呼ばれていた気がする。漢字はどう書くんだろう。基助、喜助、きすけ。知らないことばかりだ、と目で追って思う。

「誰の名前それ？」

心臓が鷲掴みにされたように、ぎゅぅっと縮まる。いつの間にか、また側にやってきていた友達がプリントを覗き込んでいた。なにか言おうにも気が動転してそれどころではない。

クラスの誰の名前でもないそれを、友達はどう思うのか。目を回していると「かみきすけ？　時代劇？」と首を傾げたので、その読み間違いに内心そっと胸をなで下ろす。「そんな感じ」とごまかしてから、不自然にならないぐらいの早さを意識してプリントを畳んで、鞄に隠した。

「そろそろ授業始まるよ」

わたしが言うと、友達が時計を一瞥して「あ、ほんと」と自分の席に引き返す。さっきも戻っていったのに、ふらふら近寄ってきたから油断ならない。じーっと眺めて本当に席に着いたのを確認してから、前に向き直って次の授業の準備を始めた。手のひらは冷や汗でいっぱいだ。

ごまかすように拭いてから頬杖をついて、そして、唇が震える。

「神さん」

名前を呼んだから、なにかが起きるわけでもない。

それでも、少しでも触れようとして動くものがあった。

唇と共に瞼が震えて、目を瞑る。

意識が、神さんに繋がっていたいと願って動いている。

もどかしくて焦れったくて、でも強い衝動があって、痛い。身体どころか、頭まで痛くなる。

辛くて、苦しくて、今にも全部かなぐり捨てて泣き出したいぐらいに。

でも。

そうやって病気にでも冒されるようになって、ようやく分かる。

最近の自分が神さんのことばかり考えているのだと、気づく。

生まれたときから、家の中にお父さんという存在がなかった。それが一般的な価値観からすると不自然なことに気づくのは、子供でもさして時間はかからなかった。保育園の参観日、家族を描いてみようっていう遊戯《ゆうぎ》、テレビに映る行楽の様子。

そこには子供と、お母さんと、そして大きな男の人が一緒にあった。

あれは誰？　となんの気なしにお母さんに聞いたときの困り顔は今でも覚えている。

答えはお父さん。でも、お父さんってなにとは続けて聞けなかった。

聞いてはいけないことなのだと知ってからは、極力話題にしないよう努めていた。お母さんとは小さな部屋で、いつも顔を合わせていなければいけない。だから喧嘩もしたくないし、暗い気持ちで向き合うのは辛いものがあった。意識してそういう計算があったわけではないけれど、幼いながらにもそれぐらいの損得は働いていた。そういう遠慮に似たものをお互いが利かせているからか、わたしたちは大した口喧嘩もなくうまく回っている。

少なくとも、今までは。

学校からの帰り道に、お父さんへの返事を考えながらそんなことを思い出していた。まさかこの夏、そのお父さんから電話がくるとは思っていなかったし、一緒に住まないかなんて今更言われるなんて、考えたこともなかった。自分はこのままずっと、なんとなく、お母さんと二人で暮らしていくのだと思っていたから。その生活がぐらついて、崩れそうで。

だからだろうか、とふと思い当たる。

「…………………………」

思考に隙間ができると、神さんのことで目の奥がいっぱいになる。

神さんもまた、わたしの生活の基盤を揺らす一因だった。

むしろ揺れ幅は神さんの方が大きいかもしれない。

日が強まったように、顔のそこかしこがちりちりと熱くなる。

これは。

つまり、これは。

下唇を噛んで恥ずかしさに耐えながら、心境を直視する。

神さんのこと。

好き、なんだろうか。

鞄を取り落としそうになって、慌てて摑む。そのまま少し前屈みになってとにかく前には進んだ。やっぱり神さんのことを考えると不安定になる。どういうことだろう。同級生の男子にこんな複雑な気持ちを抱いたことはない。だから、比較して答えを出すことはできない。ただ話に聞くようにその人のことで頭がいっぱいになってしまうなら、やっぱりこれは恋というものかもしれない。

もし、そうだとしても。

恋って素敵なものというイメージがあるのに、不安しか呼び込んでこない。長々と蝕《むしば》まれて嫌になってくる。なのにどうしても捨てられないし、忘れられない。アパートに帰る。お母さんは当然、仕事なので自分の鍵を使って部屋に入った。鞄を置いてから水を飲み、着替えるのを省いて外に出る。入り口脇のプランターに植えた、プチトマトの苗の手入れをする。プランターは、お母さんが拾ってきたものだった。捨てられていたらしい。

お母さんはそうやって時々、なにかを拾ってくる。

神さんから貰った野球帽をかぶって、しゃがんで、時間をかけて世話する。意味もなく土を弄って時間を潰す。そうやって外にいれば、もしかしたら部屋から出てくる神さんと会えるかもしれない。

苗の世話じゃなくて、そっちの偶然に期待している自分がいた。気づいてしまうと恥ずかしくて、顔をあげていられなくなる。分からない、なんでこんなに意識してしまうのか。

神さんに会えないから不安だって、考えているのかな。

だけど会って醜態を晒してしまうことも想像すると、不安は治まるどころか広がっていく一方だ。自分をよく見せたい、よく思われたい。学校で服や髪に関心を持つ同級生は、そういうことをわたしより先に願ったのかもしれない。おしゃれかぁ、と前髪を摘む。

二階に住んでいる柳生さんは床屋見習いだと聞いたけど、流行の髪型とかそういうものに詳しいのだろうか。わたしは正直疎い。学校でもそういうグループには属していないので情報が入ってこなかった。柳生さんに相談して、髪を弄ってみようかと少し悩む。

なにを話しても、あの人は親身というか、熱が籠もっている感じで……見た目は涼やかだけど、親切な人なんだろうと思う。時々、肩や髪を撫でてくると不思議なものを感じるけど。

「…………………………」

プランターに指を添えながら、固まる。

神さんは、髪の長い人が好みなんだろうか。

昔の彼女という人も長かったし、上の階の人も。

そこで扉に手をかけるような音が横から聞こえて、ハッと、顔をあげる。

すぐ側にいたその人と目があった。

「ん？　なんだよ」

西園さんだった。神さんと同時期に入居してきたお隣さんもまた大学生で、いつも変な格好をしている。神さんの友達だけど、わたしとはまったく仲良くするつもりはないみたいだ。

部屋に入ろうとしていたその人が、買い物袋と一緒にくるりと回転する。

「なんだよー！　もう少し嬉しそうな顔続けろよー！」

突っかかってきた。この人は、うるさい。多分アパートでも一番落ち着きがない。

でも今のわたしは、嬉しそうな顔をしていたと言われてそうなのか、とそちらに驚く。

「あ、お前、神が帰ってきたと早合点したの？」

にゃぁっと、勘だけはよくてその他意地含めて悪い人が見抜いてくる。

飾り気なく指摘されて、かぁ、と頰が熱くなる。それが答えだと受け取られてしまった。

「神が帰ってくるとうれうれしいしいなのか、はははそのまんまじゃねえか」

「ち、違いますっ」

「あっそ」

うるさかったり急に淡泊になったり、起伏の激しい人だ。だから好きになれない。

そのまま部屋へ入っていってくれたので安堵する。と思ったら、扉が閉じない。

「おい援交ビッチちゃん、いいこと教えてやろうか」

閉じかけた扉から顔だけ覗かせて、西園さんが失礼な呼び方をしてくる。目もとを険しくして睨んでも、西園さんはへらへらと小馬鹿にしたように笑っている。不愉快だった。

「聞きたくないのか？」

「別にいいです」

きっとろくでもないことだと決めつけて拒否する。

「ならいいや。神の話をしてやろうと思ったのに」

あからさまな釣り餌なのに、思わず、食いつきそうになってしまう。

肩が強《こわ》ばって首が重く、ボウリングの玉にでもなったようで。

それでも、ぐりぐりと重苦しく動いて西園さんを見上げる。

西園さんは、「げへげへ」と口に出して露悪的に笑っていた。

この人の思い通りの反応をしている自分に、嫌気が差す。

それがつっかえ棒のように働いて、奥歯を嚙みしめて堪える。

ここで認めることに悔しさすらあって、突っぱねて立ち上がった。

「やっぱり、いい、です」

「おやおや、そんなに神が嫌いとは知らなかったな」

違う！　と頭の中で叫びながら扉を勢いよく閉じる。閉じてから扉に背中を張りつかせて、くまなく熱い顔が収まるのを待った。息を殺して、扉に張りついた指先がかりかりとその表面を引っ搔く。分からない。自分がなにを苦しんで目を見開いているのか、分からない。

隣の部屋から、ノックみたいに壁を叩く音が聞こえてきた。

「三分だけ待ってやるから早めに出てこいよ」

待つという割にこんこんこんこんと、急かすように叩き続けてくる。もうなんなんだ、と頭を抱えてしまう。あまりに落ち着かなくて、ただそれだけで泣きそうだった。

でも、こんなことで泣いてどうすると、鼻をすって耐えた。

足を前に出す。出る。でも、靴が脱げない。足が靴の底に吸いついたように、玄関から先へ進むことができない。お腹まで痛くなってきて、原因も分かっていて、逆らえなくなって。

結局、わたしは引き返して扉を開く。

外に出ると、部屋から首だけ出している西園さんが爽やかな調子で挨拶してきた。

「よう、久しぶり！」

磨かれた歯が真っ白で美しかった。

わたしはこの人が嫌いだ。この人を好きになることなんて、ぜったいない。

でも、出てきてしまった。どうにもならなかった。

「……早く、してください」

「なにを？」

久しぶりに、本当に腹が立った。だから相手の顔を見ないで促す。

「神さんの……」

「あと一分ぐらいで帰ってくるから、そこらに座っていたら偶然を装って神と楽しくお話しできるよ！　やったね！」

　わたしの要求に応えたように早口だったたし、展開まで急だった。あと声が大きい。一分どころか、このアパートから十分の距離を離れていてもその大声が届いてしまいそうだった。

　目を回していると、西園さんが顎に手を当てて「期待しとるよ」と応援してくる。普段の心にもなさそうな軽い言葉よりは、少し熱を感じられた。

「神がロリコンになれば俺にも得があるからな。だからお前もほら、ことある事にパンツでも見せてやれ」

「ば、バカじゃないですか！」

　バカじゃないもーん、とおどけた西園さんが引っ込む。そしてそれとほとんど同時に、神さんがアパートの敷地に姿を見せた。見た瞬間、右の手が伸びきって引きつる。

　神さんは暑さに辟易《へきえき》しているのか、俯きがちに買い物袋を抱えていてわたしに気づかない。声をかけなければ、そのまま こっちに気づかないで部屋に入ってしまいそうだ。鈍い光を惑わす。それを見て、口が開いたまま頼りなく立ち上がる自分が陽炎《かげろう》にでもなった気分だった。

「あ、神さん……」

明るく話しかけようとしても声が弾まない。鉛でも流し込んであるように、低く地面を転がるばかりだった。

気を抜くと喉が潰れたように狭まり、目を見開いてしまいそうになる。

神さんがわたしに気づく。

「お？　あー、そっか中学校はもう始まってるんだな」

制服を見て、神さんが遠い目となる。それからすぐに、にかーっと笑う。

心臓がくの字に変形するように、歪な鼓動を立てた。

「大学生はまだ夏休みだぞ、羨ましいだろ」

「あ、は……」

息が詰まって、些細な返事も満足にできない。

「まぁ始まるのも遅いんだけどな」

そう笑いながら神さんがドアノブを摑む。それを見て、また、踏み込んで焦る。

「えと……神さん……」

ごにょごにょ、名前を呼ぶ。聞こえたかどうかも怪しかったけど、反応してくれた。

「ん？」

扉を少し開けたところで、神さんの目がわたしに向く。びくりと、思わず肩が震えた。

「用事か？」

「あ……」

はい。いや、用事なんてないからそれは嘘だし、でもいいえだと、変だ。変だよね。

「どした？」

神さんがこっちにやってきて、顔を覗き込んでくる。そのせいで余計に喉が狭まってしまう。

息苦しいようにぱくぱくと、口だけが開く。

目も動転しているのか、狭くなったり、広くなったりと視界が定まらない。

神さんはそんなわたしを見て、まともに話せる様子でもないと察したのか少し目を泳がせる。

それから、手でそちらの方向を示しながら。

「んー……まぁ少し座ろう」

神さんに促されて、後ずさるように壁際に移動する。スカートを押さえながら屈む。

その頃には萎縮するあまりか、耳鳴りが酷くなっていた。

それから掴んでいる買い物袋を一瞥した後、「まぁ生ものもないし、大丈夫だろ」と神さんが隣に座ってきた。地面に生えていた雑草を摘んで、抜くか迷う素振りを見せてから止めて手を引っ込める。そうした後、神さんが前を向いたまま言った。

「話したくなったら言ってみ」

「……はい」

気を遣われていることに、嬉しさと重さが一緒に芽生える。

なんとかしなきゃと、気ばかりが焦っていく。

今までは普通に話せていたはずなのに、自覚は毒のようにわたしを蝕む。

なんだか自分がずっと古臭い、壊れた機械にでもなったようだった。

「そういやぁ、先に西園帰ってこなかった？」

「あ、え、はい多分」

動転して曖昧な返事になってしまった。醜態を見せたような気になって、俯いてしまう。

「ここにいるぞ！」

「いなくていいんだよ」

開け放たれた扉を神さんが押して、飛び出てきた西園さんが間に挟まる。この人はいつもそうやって挟まっている気がした。ぐべぇ、と舌を出して苦しがっている。その舌と目がわたしに向いていて、思わず顔をしかめる。わたしを煽っているみたいだった。

「どジャァァ〜ん」

「お前が言うのかよ」

変な叫びを残しながら西園さんの首が引っ込んでいった。扉が閉じる。

静寂の向こうから、微かな蟬の鳴き声が聞こえてきた。

神さんが膝に手を置いたまま、ぼうっと、空を見上げる。

釣られて見上げた空に夕陽はまだ見えていない。けれど日の沈みは確実に早まっている。

景色から夏の色が薄れ始めていた。

それはそれとして、わたしは暢気に空を見ている場合じゃなくて、けれど。

神さんに会って、神さんとなにか話していたいのに、いざその場面になるとなにをすればいいのか思いつかない。神さんの趣味ってなに、共通の話題ってなに。わたしはなにも知らない。

神さんのことを、本当はなにも知らないのだ。なのにどうして、好きだとか、思うのか。

「なんかまた、重い話じゃないよな」

思い詰めている顔にでもなっていたのか、神さんが笑いながらも警戒してくる。

「そんな、ことは」

わたしにとっては、地球の命運でも背負っているみたいに重い問題だった。

腕の筋が痺れる。胸がつかえる。お腹が痛い、首が硬い。

それから、目の前が真っ白になって、それでも。

「たぁー！」

いきなり頭の上から声が聞こえて、首を引っ込めながら上を向く。

上から影の塊、人が降ってきた。しかも回りながら下りてきた。地面に降り立った後もしばらくうろうろ、ぐるぐると回る。下りてきたのは女の人で、顔見知りでもある。

回るのが落ち着いた後、中腰のまま肩が動く。身体が前を向いたまま、肩と頭を捻る窮屈な姿勢でこちらに向いてきた。回ったせいで崩れた髪の毛が顔にかかり、形相を険しくしている。

そしてその目は、わたしじゃなくて神さんを見つめていた。

「あらいたの」

「……あんた、なんで普通に下りてこないんだ」

「普通ではないからよ」

なぜかそこで、女の人が唇の端を不敵に吊り上げた。

「なるほど」と神さんが頭を掻きながら、呆れた様子で。

「あ……」

立ち上がってしまう。わたしの隣から、離れて行ってしまう。

それを留める術《すべ》がわたしにはなかった。伸ばしかけた手も大それたことに走ろうとしている自分に気づいて、怯えて、引っ込めてしまう。

「足とか痺れないのか？」

「きぇー！」

右足を振り回す。神さんが後ずさってそれを避ける。

「実技で返事をするな！」

「喋る方が面倒なのよ。足は下に、頭は心臓より上にあるんだもの」

「意味が分からん……」

神さんと女の人がわーきゃーとじゃれている。取っ組み合って、自然に手を握っている。

ぎゃーぎゃー、はしゃいでいる。

わたしはそれを屈んだまま、頭を押さえつけられるような抑圧の中で聞いていた。

神さんはもう、わたしを忘れているようだった。

「その十秒ぐらいで倒れそうな足の上げ方、流行《はや》ってんのか？　大学でも見たんだが」

「きょー」

「妙に落ち着くわよ、あなたもやってみなさい」

そう言った後に、女の人の言葉が衝撃的に続く。

きすけ。

神さんの名前。神さんの彼女が呼んでいたそれを、この人も。

そのあたりで限界がきて、胸の疼きのようなものを契機に立ち上がる。

立っても、動いても神さんの目がこっちを向かないことに、目の端が震えた。

「わたし、買い物とか……ある、から失礼します」

声は果たして誰かに届いたのだろうか。

確認することもなく、暴れそうになる髪を押さえながら、アパートの外へ早歩きで逃げる。

逃げる。

耐えられなかった。神さんが本当に楽しそうに見えたから。

相手に気を遣っていないように見えたから。

そういう人といる方が楽に決まっているし、自分の今の重さにも自覚があって。

だからその現実から、わたしは逃げ出す。

顔をあげると、鼻と目の奥に濡れたものを感じた。

なんでこんなことだけで、涙が浮かびそうになっているのだろう。

この夏を経て、わたしは崩れていく。

自分の結び目が緩くなり、ぐずぐずとほどけていくようだった。


いきなりなので当然だし考えなしだから当たり前だけど、お金を持たないでスーパーに来てわたしはなにをしたいのだろう。買えるはずのないものをふらふらと、物色する。

せめて頭が空っぽになっていればいいのに、砂が詰まったように動きが鈍い。

ここに来るまでの道中で結局、少し泣いた。欠伸のときみたいに涙が一筋こぼれた。拭ったら止めどなく溢れてきそうな気がして流しっぱなしだ。その涙の流れた跡がスーパーの売り場から漂う冷気に触れられて、凍るように冷たい。ぱりぱりと、涙が剝がれるようだった。

すぐにアパートへ戻ることもできなくて、スーパーを巡る。歩きながら考える。考えるのは神さんのことしかなかった。

少し親切にされたから、自分に優しくしてくれる人だって捉えているんだろうか。そんな理由だったら、わたしは、すごく嫌な性格をしていると思う。優しい人なら誰でもいいんだろうか。いやでもそれは違う。他にも優しい人はいる、柳生さんだってそうだ。

他の人の在り方と神さんには、一線を画するものがあった。

その全容が摑めていないから、わたしはこんなにも不安定なのかもしれない。

その答えを知るには神さんと話すしかないと思った。でも、話してもさっきと同じことの繰り返しになって、勝手に傷つくばかりなんじゃないかと恐れてしまう。自分の都合通りにいかないからって神さんにまで苛立ってしまう、こんな心境は本当に嫌なものだった。

そうして、アイスクリームの売り場の前を歩いているときだった。

通路の反対側から、その人がやってきたのは。

「あ……」

名前が出てこない。神さんの部屋の上に住んでいる人。さっきまで神さんと遊んでいた人。

今までほとんど話したこともなかったから、名前が分からなかった。

この人もスーパーに用事だったらしい。

相手もすぐに気づいたらしく、左右で大きさの異なる瞳がわたしを捉える。

「さっきもいたわね」

「はい……」

常に怒りに身を置くように、表情のどこかに険しさが残る。

その鋭さは、肌や髪を焼く夏の残光に似ていた。

「えぇ、と……」

さっき逃げ出したこともあって、バツが悪いし名前も呼べない。

そうした空気を小さな反応から察してくれたのか、胸に手を当てながら名乗る。

「比内よ」

「あ、はい、比内さん……」

わたしは、と続けようとしたら「あなたは木鳥」と、比内さんが言った。

挨拶もほとんどしたことないけど、どこかで聞いたんだろうか。

お互いにそれ以上の言葉をかけないまま、見つめ合う。
その間に何日か前、神さんの部屋で言っていたことを思い出す。
それに加えてどうして、神さんとわたしが遠くへ行ったとき、ついてきていたのか。
今になって、気になる。本気なのか、それとも。
黙りながらも見つめていると、冷凍食品の売り場からやってくる冷気に身震いする。
比内さんも腕に鳥肌を立てながら、わたしを見下ろしていた。
その口もとが、動く。
「ふぅん」
目はあまり変化がなく不機嫌なままで、だけど口もとが笑う。
攻撃的に、吊り上がる。
「なんですか」
「あなた、随分と私のことが気に入らないみたいね」
さぁっと熱が引いて、直後、ぶり返すように頭が熱くなる。
言葉の刃に切られた傷から、僅かな間を置いて血が噴き出すようだった。
表面上でわたしがどんなに否定しても、それは、本音を突いてくるもので。
わたしはそんなに分かりやすいのだろうか。

「気にしなくていいのよ。私もあなたのこと大して好きじゃないから」

それはそれで酷いことを言っているけど、こちらはまだ動揺が治まらず、対応しきれない。

「そんなこと、」

「ないと誓える？」

比内さんが腰を曲げて、わたしの眼前に顔を寄せてくる。蛇《へび》が迫るようだった。通りかかった主婦がこっちを一瞥してくる。中学生が変な人に突っかかられている、とでも思ったかもしれない。そんなに間違っていなかった。どうしよう、と目が回る。だけど正面から睨みつけられると、目を左右に逃がすこともできなかった。

「あんたなんて嫌いよ、とでも言ってご覧なさい」

西園さんといい、この人といい。

なんで大人は、子供を好き勝手できると、傲慢《ごうまん》になれるんだろう。

大人が望むとおりに動かせるほど、子供は小さい存在じゃない。

そうやって反発してしまうのが、そもそも子供なのだとしても。

「どうでもいいです、あなた、なんて」

震える声で、比内さんの言葉と。そして、自分の気持ちを否定する。

それがせいいっぱいの虚勢で、わたしに言える悪口だった。

「ま」と、身を引いた比内さんが嘆くように頬に手を添える。

「あなたは人を嫌うより嘘をつくことの方が正しいと思ったのね。滑稽《こっけい》なこと」

そんなに人を怒らせるような発言ばかり、どうしてぽんぽん出てくるのか。

見た目は綺麗かもしれないけれど、内面には引っかかる尖りばかりに思えた。

「なにを怒っているの。たまたまアイスを買いに行こうとしたら下に喜助がいただけじゃない」

その呼び方だけで、心の表面を掠めてくるものがある。

分かって、言っているように思えた。

「嘘よ」

あずきアイスの箱を手に取りながら、比内さんがわたしを一瞥する。

「あなたが喜助と話していたから邪魔してやろうと思ってああいうことをしたの」

鋭い目つきと共に投げかけられたそれに、喉を突き刺される。

吐き出そうとした息が、途中で引き返して据わり悪さに不快を催す。

下唇が自然と震えていた。

「これも嘘よ」

目つきはまったく変わっていなかった。どこに本気があるのか、区別がつかない。

ただ、分かるのは比内さんがもう一つ嘘をついていることだった。

比内さんはわたしの反応を面白がるように口だけ笑いながら、アイスを箱買いしていく。合計すると五箱ほど、抱えている籠《かご》に入れた。食べる量は嘘じゃないのだろうか。

買い物は済んだらしく、そのままレジの方向へと向かう。その途中で、振り向いた。

「あと白状するともう一つ嘘があったわ」

無言で続きを待つ。答え合わせのようなものだった。

「私、人間って嫌いなの。だからあなたのことも大嫌いなのね、きっと」

やっぱり、とその宣言は予期していたので怯むことなく受け止める。

あんまり好きじゃなくて、嫌い。それが比内さんの嘘だろうって、気づいていた。

そこまで堂々と、相手の気持ちなんてお構いなしに言えることに羨ましさすら覚える。

ぎゅっと握りこぶしを作って、遠い比内さんの背中に言った。

「わたしも、です」

あなたみたいな大人が、大嫌いです。

レジでやり取りする比内さんの横を、背筋を伸ばして、早歩きで通り抜ける。すれ違いざま、自分と比内さんとの背の違いに気づかされて歯軋りをこぼしそうになった。

そのまま駆け出すようにスーパーを出て、勢いそのままに帰路を進む。

自分なりの力強さは、身体の強ばりはやがて憤りに似たものへと変質する。

あの人が、比内さんが神さんと同じような年齢であることが、悔しかった。

見え始めた夕焼けを背負ってアパートに帰る。と、神さんがいた。

さっきと同じ位置に屈んで、わたしが見えると緩く手を上げてきた。

どっきり、してしまう。

「よー」

「神さん、」

「話の途中だったからな。なんだ、悪かったと思って」

神さんが曖昧に笑う。その笑顔に救われるようなものを感じて、引き寄せられるように隣に座る。神さんの優しさが自分に応えてくれるだけで、胸は温かいもので満たされてしまう。

「あれ？」と神さんが首を伸ばしてわたしの手もとを覗いてくる。

「買い物じゃなかったのか？」

「え？」

「なんにも持ってないからさ」

神さんの手がひらひらと振られる。聞こえていたんだ、と少し気まずかった。

「買おうと思ったんですけど、ええと……財布、忘れたので」

正直に言ってしまうことにした。比内さんのさっきの言葉を思い出したのもあった。

「サザエさんみたいだな」と神さんがなんでか感心したように頷く。

その神さんの横顔を眺めていて、焦げるように気持ちの端が熱くなる。

聞いてみたかった。

比内さんとはどういう関係なのか。彼氏なんですか、彼女なんですか。

舌より先に目が回る。そうだよと返事がきたら、わたしはどうすればいいのか。

全部なかったことにしてきっちり整頓《せいとん》つけて、当たり前のように生きていけるわけないのに。

どうなってしまうんだろう、わたし。

こうしていることもできなくなるのかな。神さんの隣にいることも、できなくなるのか。

こんな夏は二度とやってこないのかもしれない。

目が回る。回転して、熱くなる。自動車のエンジンが回るように、音が鳴る。

瞳が奥で擦《す》り切れるようだった。

そうして。

気づけば、肩が震えていた。涙がこぼれて口や鼻を塞いでいた。

涙に包まれた瞳は、光の中に溶けるようで。

いきなり一人で泣き出して。

完全に変なやつじゃないか。そう思っても、もう涙が止まらなかった。

「お、おいおい。大丈夫か」

神さんもおろおろしている。当たり前だ、こんなに情緒不安定なのだから。

自分でもなんとかしたいと思って、けれど解決するには一人じゃ無理で。

感極まって、神さんの手を取る。握りしめる。

「一緒に、いて、ください」

両手で挟むようにして神さんの手を握りしめたまま、わがままを絞り出す。

涙のせいで、神さんの手の輪郭はぐしゃぐしゃだ。

「いるけどさ……あーまー、いるけど」

なにか言いたそうにしながらも、神さんがわがままを受け入れてくれる。

わたしはそのまま神さんの手を取りながら、声を殺して泣き続ける。

「今、ママンが帰ってきたら俺が泣かしたと思われないかね……」

途中、そんな神さんの呟きが聞こえた。そうかもしれない。でも、間違ってはいない。

神さんがわたしを泣かせるのは本当だった。神さんになんの非がなくても、それが事実だ。

苦しい。辛い。だけど、一緒にいてほしい。いてくれないと嫌だ。

赤ん坊みたいに泣き喚きたくなる。原初の感情が激しく揺さぶられる。

わたしは、生まれついたときから満たされていないなにかに飢えているようだった。

それから神さんは泣き止むまで、黙って一緒にいてくれた。

どうして泣いたと聞かれないのが、優しさであり、悲しくもあった。

神さんは、わたしの内面にまで踏み込みたくないのだと思う。

そこを悟ると、その手の温かさも自分だけのものではない気がして、胸がざわつく。

それを契機に、木の枝を蹴って飛ぶ鳥のように、手を離した。

「もういいのか？」

「はひ、もう大丈夫です」

鼻をすすって、腰を曲げたまま部屋の前に移動する。

神さんは座ったままわたしを見送って、「分からんが、顔は洗えよ」と励ます。

最後に神さんに大きく礼をしてから、扉を開いて中へ入った。結局なにも解決していないけど、大泣きしたら少し心が晴れた。言われたとおりに顔をまず洗って、鏡に映る充血した瞳に引く。

人前で泣くなんて、いつ以来だろう。自分は環境もあって、ほしいものから目を逸らすことに慣れていてそういう意味では我慢強いのかなとか漠然と思っていたのに、そのメッキが一気に剝がれた気分だった。ティッシュで鼻水を拭いてゴミ箱に放ってから、しばし、放心する。

座り込んで、天井を見上げた。口が半開きになっているのに気づく。虫が通るのを待っているカエルみたいな顔をしていそうだ。神さんの親切を待つわたしそのものかもしれない。

今までを振り返って、他の人と神さんとの違いに、なんとなく気づく。

神さんの親切は無償なのだ。それに応じた見返りをわたしに求めていない。
そこが大きな違いで、だから、心惹かれるのだと思う。
だけどそれは翻《ひるがえ》せば、わたしに期待も、興味も持っていないことの証明でもあった。
なんとも思っていないのだ。
わたしが神さんに願うようなものを、一つも持っていない。
それもまた、今のわたしが呑みこまなければいけない現実の一つだった。
立てた膝を抱くように座りながら、自分と向き合う。
事実を直視していけば、結論は多くない。
わたしは多分、神さんのことが好きだ。
多分というか絶対かもしれない。なんだそれめちゃくちゃ、と思うけど大体は分かる。
だから比内さんのことは嫌いだ。
その二つをはっきりさせると、胸の重しが少しだけ軽くなる。
わたしは少しだけ、分かりやすくなる。
それが大人になるために遠回りだとしても、わたしは、偽らない。

五章
『うつろう光の雨　オフホワイト
闇夜を灼く白昼　サンライトイエロー
そして、巡り往く季節の檻
セルリアンブルー』

キスケ、と彼女に呼ばれるのが好きだった。

下の名前を呼んでくれるのは家族を除けば一人で、その特別さに心惹かれていた。ジン、という名字がそもそも名前のような響きを持っているし、読みやすいしときているので限定されるのも当然だったけど、彼女はそうした流れに逆らって、親しさを込めて、或いは周囲にそれを強調するために俺をキスケと呼んだ。俺はそれが嬉しかった。

キスケと呼ばれたら相手を確かめるまでもない。笑顔で、心の赴くままに振り向けばいい。無条件だ。彼女との間には無条件の信頼があり、俺はそれを疑うことなく呑みこんで、膨れて、鈍重になっていた。人間関係の機敏に疎くなり、彼女から別の方向へ向き直ることも億劫となることを、自ら望んだのだ。いつか自分が破裂して、すべてご破算になるなんて考えもせず。

今思うと、蛇が絡み合うように濃密で、そして得体の知れない寒気を覚える間柄だった。

関係を掘り進める、と聞こえはいいけどそれは相手の心に強く根付くために深く、深く掘っていくということで。だけど根付いたものもいずれは枯れ果てて、撤去《てっきょ》されて。

そうして残った心の穴を埋め直して去るほど、彼女はお人好しじゃなかったのだ。

だってどこまで行っても。どこまで壁が薄まっても、交わっても。

結局は、他人なのだから。

夏が彗星《すいせい》のように過ぎ去ろうとしていた。それは大学の夏季休講の終わりも意味する。

九月中旬、侘びしい。大学生となって時間の自由は増しても、やはり休みは嬉しい終わりは嫌なものだった。名残惜しくすらある残暑の日差しを背に受けて、階段を上がる。

ドアノブを回したら鍵もかかっていなかったので、さっさと入る。

「来るのが遅いわ、喜助」

「……………………………………」

大きなビーズクッションに突き刺さるように、くの字になって埋もれている比内が部屋の奥から俺を批難してくる。色々と言い返したかったが、宙に向けて伸びた手足がぴこぴこ動いている様を見ると言葉を失ってしまう。なにより、自分の内を流れるどろどろとしたものが、室内の過剰に思える冷気によって固められてしまったのも大きい。

「見たらすぐ来たんだ、これ以上どうしろと」

ゴミ箱経由で『早く来い』と命じられても、すぐにその紙くずがこちらへ運ばれてくるわけではないのだ。転送される時間に規則性があるのかは正直分からない。実験しようにも、ゴミ箱の秘密を知っているのが比内だけだからだ。柳生はある程度察しているとは思うが。

しかし他の連中は少々大ざっぱ過ぎないだろうか。普通もっと気にするだろう。

「見る前に来なさい」

「無茶をお言いで」

四六時中、この部屋に入り浸れというのか。いつから俺は小間使いになったんだ。しかし早く来いだけで宛名等々一切がないというのに、相手と状況を察しておもむくあたり、慣れた感がある。自分のことながら情けない。

見るとゴミ箱の横に二つほど紙くずが落ちていた。恐らく、投げて外れたのだろう。あと部屋の隅に、以前は見当たらなかったとんかつのぬいぐるみが増えていた。そういうのを愛《め》でる精神なんて持ち合わせていたのだろうか。意外だ。

「私はアイスが食べたい、そしてあなたはアイスを持ってくることができる。この二つの意味するところは明白ね？」

「何一つ分かりません」

あぁでもここはいい、冷房で別世界を築き上げている。呆れて引き返すこともなく、つい座り込んでしまう。床が氷のようで、しかしその冷ややかさが不愉快でないというのが夏の不思議なところだ。冬に生まれた自然の氷なんかには手を載せたくないのに。

「いやー、不思議だ」

「あなたが居座ろうとする方がよほど不思議よ。買うか出るか動きなさい」

ぴこぴこ手足を動かして比内が抗議してくる。そのまま死ねたらある意味、至上の幸福なんじゃないだろうか。そう思うぐらい自堕落な格好である。が、腰を痛めそうだ。

「喜助」

「……………………………………」

「きーすーけ。とりあえず、手か足を引っ張って起こしてくれてもいいのよ」

ぴこぴこ。

「……むぅ」

この女は無遠慮に人を呼びつける。そして、俺の名前を呼ぶ。

いつの間にか名前で、『喜助』として扱われるようになっていた。まるで俺が呼ばれることを意識して、靄《もや》のようなものが胸に広がるのを見抜いているようにだ。比内の観察力というものは侮《あなど》れないと、今までのやり取りを踏まえて感じる。問題は相手の事情を把握しても、『嫌がることだから控えよう』なんて考えにまったく行き着くことがないその性格にあった。

それから比内が「むっ」といきなり反応して起き上がったかと思えば、床にぴたりと張りつく。夏場に窓に張りつくヤモリのようである。顔を横にして階下に聞き耳を立てているようだ。……ここの下は俺の部屋で、俺はここにいるのだが。比内は下りた髪が顔面を覆って表情を窺わせない。その髪の仮面の向こうで、ぎろりと大きな右の瞳が動く。

こっちも気になってしまい、ヤモリ二号となる。冷気に肌が張りついて動けなくなりそうだ。

「気配でも感じたのか？」

「静かに」と短く制してくる。雰囲気が慣れているというか馴染《なじ》んでいて、普段もこんなことしているんじゃないだろうなと勘ぐってしまう。俺の独り言なんて聞いてなにが面白いのか、という話ではあるがこの女の動機を深く考えても徒労に終わる。そんな気がした。

そういえば数日前、いきなり飛び降りて窓から入ってきたが、まさか。

「なぁ」

「女の声。それも幼い……あの子ね」

比内が床から飛び跳ねる。溜めもなく垂直に飛んだぞ、この女。驚愕《きょうがく》している間に起き上がった比内が裸足のまま玄関に向かい、部屋を出て行く。「女？」と状況を掴めないまま主のいないビーズクッションを一瞥して、比内の後を追った。今のうちに飛び込むか少し迷った。

比内は部屋を出たすぐ先にいた。その姿を見習い、二階の手すりに掴まって下の様子を確かめる。と、部屋へ引き返す少女の姿が見えた。俯きがちで影を作り、頭上のこちらには気づかないようだ。

「木鳥か」

学校帰りなのか、制服で鞄も持ったままだった。しきりに頭を左右に振っている。

「音の正体はやはりあの子ね。あなたの部屋の戸をノックしていたみたい」

玄関に近い位置に座っていた俺の方がよほど感じ取れそうなものだが、どういう耳をしているのだろう。野性的なのか、或いは。なにかしらの感覚が際立っているというのは、それだけ世界に真摯《しんし》に向きあっている表れかもしれない。

「なにか用事かな」

「あなたに色目を使いに来ただけよ」

俺の背後へ回り込み、背中に張りついて肩越しに状況を観察する比内が、鋭い言葉で断じる。

その目的の正否はさておいて、容赦《ようしや》を感じない表現に困惑する。

「お前ね」

こちらの口を塞ぐように、人差し指を唇の前へと出して縦に振ってきた。

その指先も、二の腕も、髪も。すべてが過剰な冷房によって冷えきっている。

意識して、ぞくりと背筋を走るものがあった。

「あの子はあなたが思っている以上に苛烈《かれつ》よ。油断しないことね」

「……苛烈、ねぇ」

一見、木鳥には無縁に思える。が、その表現の権化めいた女が断言すると、かえって信憑性《しんぴょうせい》があるのだった。人間、同類の気配には敏感なものだ。敵味方はさておいて、似たもの同士には無関心でいられないものである。比内と木鳥が似ているとは思えないけど。

「油断するなと言われても、どこに気をつければいいのか」

「背丈で考えると脇腹あたりかしら」

とんとんと、俺の脇を叩く。なんの話だ、と目を細めている間に木鳥は部屋へ戻っていった。それから比内も背中から離れる。纏う冷気が背中から離れていくことに、微かな喪失を覚えた。

比内も部屋に走って引き返したと思ったら、すぐ戻ってくる。その手にはリモコンが握られていた。普通の人間はお外に持ち出すはずのないものだ。それを普通じゃない比内が腰に構えて、でーっと走ってきて、どーんと俺の脇に刺す。さして痛くはなかったが「ぎゃー」とひとしきりのたうち回って、我に返ってそいつを見下ろす。

「まさか予行演習じゃないだろうな」

「危険とはなにかを教えてあげたんじゃない」

話の繋がりが分からない、と思いかけたが少し考えると繋がってしまった。

でも噴き出す。

「木鳥が俺を刺し殺すって？　おいおい」

「うふふ」

二人揃って肩をすくめる。しかしその意味合いは、まるで異なっているように思えた。

「酷い評価だな。木鳥と仲悪いのか？」

「良いも悪いもろくに話したことないけど……ただ、好きになれないのは確かね」

はっきりと言う。その感覚に共感はできないが、疑問は生まれる。

「あんたそもそも、人間が好きなのか？」

もっと偏屈な部分を抱えているように思えてならない。

それは目や口もとに隠しようなく浮かんでいる。この女は気を緩める様子がない。

「そうねぇ」

比内が口もとをにやつかせながら俺を見つめる。見据える。射抜いてくる。

微動だにしない視線と、開こうとしない口もとに気圧《けお》されながら恐る恐る、顎を指す。

「ミー？」

「ユー」

比内が手のひらを上に向けて、腕を差し出してくる。

突き出る指。心臓が裏返って、逃げ出しそうになる。

手の甲に口をつけられたときを思い出し、むず痒くて、目を逸らす。

「……冗談は止めろよ」

そう言うと、比内は手のひらをひらひら躍らせる。

「勿論冗談よ。でも、悪くない冗談とも思うわ」

「どこが……」

反論しかけた矢先、比内が踏み込んでくる。目前に潜り込まれるように頭が近寄り、たじろぎそうになるが背後が手すりで逃げ出すことは叶わない。そのまま間近で、比内が突き上げるように見上げてきた。眼力の高さに気圧される。そもそも、ちょっと近すぎるだろう。

「不用意に、近くに」

「平気よ。あなたはなにもできない」

比内の指が俺の顎に触れる。先端を人差し指で、弄るように撫でてくる。

外気温と比内の纏う冷気がせめぎ合い、温度差に鳥肌が立つ。

比内は、俺を嘲《あざけ》るように笑みを浮かべながらその言葉で、俺を貫く。

「あなたは仮に私が本気でもそれを受け止めることができない。それが分かっているから平気な顔でこんなことが言えて、こんな距離でも怯える必要がないの」

「なにを、」

「あなたみたいなのを正に『玉なし』って言うのよ」

顎を摑んだ比内が、言葉の刃で躊躇なく俺を叩き切る。

下段から喉をばっくり引き裂かれるようだった。

反論を力業でねじ伏せられて、言葉を失い。握り潰される顎の痛みに目の前が揺れる。

正鵠《せいこく》を射る、と表して正解なのか。

正しいのだろうな、と苦みと共に肯定する。

意識が遠退きそうなほどの衝撃をもたらすには、心の急所を突くしかなかった。

少しの間、距離を保ったままお互いに固まっていた。

そうしているとその視線が音を生むような錯覚に陥る。

蟬が頭の遠いどこかで鳴いていた。

比内が俺の肩を押すようにして離れる。冷気が首筋をくすぐるように、最後に一撫でした。

部屋へ引っ込み、扉を閉じかけた比内が振り向き、厳しい顔で言う。

「入るならさっさと入って頂戴」

なぜかあっち行けと蹴り出されなかった。迷うが冷気に腕をくすぐられて、寒気に誘われる。

閉じた扉の向こうには、先程と同じ冷涼が部屋の輪郭を形作っていた。比内はクッションに埋もれて、俺は壁際に座り込む。膝を立てて背を丸めて、足の指を弄りながら俯いた。

俺は部活にも参加してこなかったから、その感覚を言い表すのに適切かも不明だが。こういうのが、負けた気分ってやつだろうか。胸と腹の間がぼろぼろと崩れていくようだ。

打ちひしがれるというか。とにかく、自分の心が萎びていくのを感じた。

そのまま、比内に背を向けてジッとしていた。その間に汗も引き、頭も冷える。

少し鼻を動かすと、比内の匂いがした。正確には比内の着ている服の洗剤とか、柔軟剤の香りなのだろう。さっき背中に張りつかれたときと同じものだ。甘くはないが、胸にスッとくる。

以前に訪れたときは嵐のような時間と共に駆け抜けたので、その空気を冷静に受け止めることもなかった。冷たく、柔らかく、涼風を吹き込む。部屋の主からくる印象とは真逆だ。

……いや。こういう雰囲気も、比内の本質を表しているのだろうか。

熾烈な挙動と性格は、身を隠すための立て看板に過ぎないのかもしれない。

それもあり得た。俺の目は自分の顔にしかない。多角的じゃないから、普通にしていれば一面を見るのが限界だ。だから思いがけない部分なんてものは、たくさんある。

やがて、ぽつりと賞賛の言葉が出たのもその一つだった。

「……よく分かるよな、あんた」

正直、感服した。出会えば追いかけっこだの他愛ない喧嘩だの、そればかり。

俺の事情なんて語ったことがないはずなのに、なぜ、分かるのか。

別れる痛みを知ってから、俺が臆病になったことを。

「年の功ってやつか？」

「歳は関係ないわ。私自身が天才であるというだけよ」

傲慢を恥じることのない自称天才の姿を一瞥する。クッションに埋まってぴこぴこ動いていた。ガキの頃に水族館で見たイソギンチャクを彷彿とさせる動きである。こんなのに腹の内まで見透かされているのかと思うと、見なかったことにするのが賢明だった。

さて、見なかったことにして比内の慧眼《けいがん》だけを評価するなら。

やはり比内桃という女は、鋭敏な感覚を有しているのだ。その一端があのポエムなのだろう。

そして本質を見抜く知恵があるのなら、その凶暴な態度も納得がいく。

人間を深く理解したなら、牙を剝くのが当たり前だった。

「好きというのは……そうね、嘘としても喜助が興味深いのは事実よ」

名前が出てきたので顔をあげる。姿勢はそのままで比内の目は天井に向いている。

見る価値は特になかった。

「弄りがいがあるもの」

「それ興味と少し違う」

弱った玩具《おもちゃ》を見つけた猫のように、目を光らせても困るのだった。

「あなたなら、なにをどう好き勝手しても危害を加えられないし」

また、なじられる。反感を抱くには十分な程度に、繰り返し。

その反応すら面白がるように。

「そういうの貴重なのよ。無味無臭、無害。一方的に攻撃できるなんて最高だわ」

「…………………」

無言で立ち上がる。比内に近づいて、相手の目がこちらへ向いた瞬間、飛びかかる。

どんな顔をするのだろうという加虐的な期待が脳を沸かせていた。

比内の肩を掴んでクッションに押しつける。比内がより深く沈み込み、逃げ場を失う。

部屋の壁が歪む。音を耳ではなく頭の上で感じるようになって、視界が狭まった。

飢《う》えたように、口もとがかち、かちと歯を打ち鳴らす。

自分を不安定にさせているのは高揚《こうよう》か、それとも恐怖か。

手足を静かに下ろした比内は抵抗しない。顔色一つ変えない。

やろうと思えば無防備な腹を蹴り飛ばすこともできるはずなのに。

怖がっている？　いや、もう、そんなのとは一切無縁だった。

平然としている。

先程言ったとおりに俺がなにもできない、と信じて疑わない表情だった。

自身の観察眼への確信。

それが比内を揺らがさない。動揺の一切を見せない。

無風の下にある、水面を覗き込んでいるようだった。

「喜助は愚かね。自分から『怖いもの』に近寄ってしまうなんて」

そうなのである。明らかに俺の方が怖《お》じ気《け》づいていた。

眼光に威圧されて今にも逃げ出したい。捕食者に捉えられているのは、俺だ。

「期待通りの反応が見られなくて残念だったわね」

比内が口の端を曲げて勝ち誇る。そこまで見抜かれて、と思ったところで限界だった。

崩れ落ちて、比内の腹に額を載せる。払い落とされるかと思ったが、なにも飛んでこない。

目の前が真っ暗になったまま、比内の部屋の香りが濃くなるのを感じた。

感じる度に、鼻の裏から額まで涼やかな風が吹き抜けていく。服まで冷たかった。

「そのまま泣かないでよ」

「……泣かないけどさ」

泣くほど激しく、気持ちが揺さぶられているわけじゃない。

それでも、今にも崩れていきそうな身体のどこかが再生して、固まっていく。

「……ちょっと、マザコンの気持ちが分かる」

「どんな感想よ」

触れ合いって大事なものだよなぁと切に感じる。

だから大切な人には死んでほしくないし、俺もまた、死にたくないんだろうって。

そんなことまで、思ってしまうのだった。

比内にそうした安らぎを覚えるのは我ながら不思議で、でも受け入れることに抵抗はない。

もし、このまま頭を抱かれるようなら魂を引き抜かれることにも戸惑いはないだろう。

「……………………………あー」

静かに、長く。空気が漏れていく。

人間は普通にしていれば、相手の一面しか捉えることができない。

その一面、見えている部分を貫いて強引に奥まで探ってくるのが比内なのだ。

当然、そこに不安になる。勝手な振る舞いに怒りもするし、恥も覚える。

だけど同時に、自分を深く知っている人間に心許すのもまた、当たり前かもしれない。

だって、誰が理解してくれる？　頼んだってまずないし、なにもしなければ尚更だ。

人は理解者を求めている。空間以外、人間関係の居場所もまた、大事なものだった。

「……なぁ」

「なに？　重いわ」

「胸じゃなくて腹に顔を埋めているあたり、謙虚だと思わないか？」

「ちぇいっ」

蹴り飛ばされた。ごろごろと壁際まで転がる。止まる予定だったが膝を壁にぶつけた。

転がったまま蟬の幼体のように丸まって、余韻《よいん》に浸る。

「…………………………」

俺が比内を好きであるかはまったく別の問題として。

誰かを好きになるのは、こういうことなんだよなぁと思った。

好きな人を好きであり続けたい。触れ合えるかもしれない。癒やされたい。理解されたい。理解したい。ここにいたい。いてほしい。相互的でオーガニック的な何か。期待と保身と成長が混ざった心境のすべてが、川の下流を目指すようにそこへ流れていく。

人を好きになるって、悪いことばかりでもないのだ。

いや実際、悪いことばかりかもしれないけど。でも誰かを好きになるなんて当たり前で、どうにもならないものなのだから、『良いことがある』と思っていなければやっていられない。

そういうものなんだよな、と比内の腹が俺に教えてくれた。

つまり怖じ気に震えてないで腹をくれということだ。

サンキュー腹。口にしたら細かいことを省いて殴られそうだ。

しかし、悔しくもある。本当のことだろうとなんだろうと、好き勝手言われれば腹が立つものは立つ。正論だから、道理だから全部受け入れろなんてそんな行儀よく出来てはいない。

せめて一矢報《むく》いてやろうと額を押さえて。暗闇から、思い出を引きずり出す。

「あーっと……星の燃える時間、僕たちは帰り道を探す。始まりの朝から続く迷子に疲れ切った僕たちは……先生、続きなんだった？」

返事の代わりにシャカシャカと高速で床を這いずってくる音がした。「うひぃ」と確認することなく逃げ出すと、シャカシャカが追跡してくる。どんな体勢で追いかけてきているのか想像したくない。

そのままいつまでも、シャカシャカ追いかけられるのだった。

そんなこともあったがしばらく、比内の部屋にいた。なにもしなかった。ただ座って、安らいでいた。

「いいな、ここ。素敵だ」

「涼しいからでしょ」

膝から先がぴこぴこ。

「うんまったくその通り」

そうして十分涼んでから、比内の部屋を後にした。

するとなぜか比内も出てきた。そのまま一緒に下まで降りてくる。飛び降りてこない比内は最近の傾向からだと新鮮に感じた。下に降りたところで歩道を騒ぎながら走っていく小学生が通りかかる。それを眺めて、比内が口を開く。

「学校帰りの子供たち……私が既に見失ったものを、きらきら光らせて走っていく……Milkyway さ……まるで……」

「睨んでぶつぶつ呟いているとミルキーウェイが怖がるぞ」

手痛い一撃が飛んでくると事前に予測しきっていたので、話しながら身を引いていた。笑いが漏れるほどに予想通りの平手打ちがやってきて、それを避ける。比内の挨拶のようなものなのだろう。追撃もどうせ来るとあらかじめ引いていた腰に従って逃げ出すが、比内はすたすたと足早に動き、人の部屋の前に陣取る。腕を組んで、不動の佇《たたず》まいを見せつけてきた。

「おい卑怯だぞ」

待ち伏せですよ。

「独り言を盗み聞きするあなたの方がよほど卑怯よ」

あんな大きな声で呟いて、なにを言う。

「じゃあいいや」

仕方ないので二階に引っ越そう。階段に足をかけたところで俺がなにをするか気づいてか、比内が猛然と動く。早い怖い不気味の三拍子揃った比内が飛んできた。腕を組んで上半身を揺らさないまま走ってくる。ひぇぇ、と二人で鶏のように周囲をぐるぐる回った。

「あんた別に用事ないんだろ？　ここまで来たら、ちょっと待て殴るな喋らせて」

暇人扱いされて更にお怒りの比内の追跡が速まり、こちらも足を速める。せっかく涼しさを保っていたのに、すぐに台無しになる。足の動きに合わせて熱まで加速していくようだ。

この女とはなぜこうなるんだ俺が悪いのか、と葛藤しながら長々と走り続けた。

そのお戯《たわむ》れも（背中への平手打ち一発で）終わり、膝に手をついて息を整える。冗談ではなく、それぐらい消耗する程度の時間は走っていた。アホ丸出しである。比内も似たような姿勢で目をぎらつかせて、食いしばった歯を剝き出しにしていた。生肉とか目の前にちらつかせたら食いつきそうである。ぐるるる、とうなり声が聞こえる気もするがきっと気のせいである。

弾んだ息をこぼしてから顔をあげると、沈み始めて色褪《いろあ》せた日が浮かんでいる。

暑さは大して変わらなくても、日没は確実に早まっていた。

動いているなぁ、と感じる。地球も、その外も。巡らなければ淀むばかりだ。

「……人間もな」

そう呟き、ふと視線を感じて振り向く。視線の先には比内ではなく、もっと小柄な少女がいた。出てくる途中だったのか中途半端に扉を開けて、顔を覗かせていた。目があうと、静かに扉を閉じて引っ込んでしまう。そのいじけたような目は最後、比内に向いているように見えた。

「あの子の方も私が嫌いみたいね」

なぜか若干楽しそうに比内が言う。そいつに関してはさして思い込みでもないようだった。

「……俺と仲良く見えるのかね、あんた」

「さぁ？」

比内が愉快さを残したまま流す。まぁ悪いわけでもないだろう、多分。

それを木鳥がどう感じるかは……また、頭の痛くなりそうな問題だった。

気を取り直して鍵もかけていない自室の扉を開けると、溢れたゴミに横たわるゴミ箱が俺を出迎えた。

転がっていたゴミ箱が丁度、正面を向く。『神』と大ざっぱに書かれたそれを見て、苦笑する。

部屋に上がり、生温く仕上がった空気の中でいつものようにゴミ掃除を始めた。紙くずに、髪。嫌がらせのように大量だ。上と異なり蒸し暑い部屋で俯きながら回収していると、なんで俺こんなことやっているんだろうという気になってしまう。

ゴミの中に、中学校のプリントらしきものがあって手に取る。

裏面の白紙に、俺の名前があった。『神きすけ』と。木鳥の字だ。

「……教えたこと、なかったかな」
どんな気持ちに突き動かされて、俺の名前を書いたのか。
いつかそいつに向き合わないといけないんだろうな。
ゴミを片づけてから、ゴミ箱を手に取る。彼女が大きく書いた、俺の名前。だけど
今になって気づくのは、そこに書かれているのが『喜助』ではないということ。
「なんでだろうな……」
これがいつ書かれたものか、思い出すことができない。
仲が深まる前か、喧嘩中だったのか。
思い出は少しずつ風化して、俺の中で崩れつつあった。
それが当然なのだ。季節と共に心も巡らなければ、いずれは淀んで腐る。
比内はそんな俺の在り方を見抜き、鋭く、嘲笑《ちょうしょう》するのだろう。
「…………………………」
比内のことは、嫌いではない。が、気に入らない部分も多々ある。
そんなやつに嘲笑《あざわら》われるのは、我慢がならなかった。
だから。
ゴミ箱も袋に入れて、担いで外へ出た。

外には比内が腕を組んだまま待ち構えていた。なんでだろという気持ちと、そうだろうなという納得が半々で混在していた。矛盾しないところも含めて、曖昧に素敵だ。

ゴミ箱入りの袋を見せつける。比内の細い右目が、神という文字を捉えた。

「こいつを捨てるのに付き合えよ」

比内が腕組みを解いて、少し目を見開く。歩いていくと、隣に並んできた。

「どういう心境の変化？」

「いや、別に。掃除が毎回、面倒になっただけ」

それも本音の一つだった。

歩道に出て少し歩くと、小学生の集団が横をすり抜けていった。走りながら防犯ブザーを鳴らして遊んでいる。あんなもの持たされてもそりゃあ、玩具にしかしないよな。

「おいミルキーウェイに一言いいのか？」

「殺す」

それは俺への意見だろうが。『死ね』じゃなくて『殺す』なのが尚のこと怖い。

お互いに早歩きとなって、ゴミ捨て場へ早々に到着してしまった。風情を食い破って生きているような女だ。そんな頼もしい女と共に立つなら、ゴミ捨て場も相応と思えた。

有料駐車場の角に存在するゴミ置き場には、既にゴミ袋が明日に備えて群れを成している。そこに、こいつが仲間入り。

少々の名残惜しさ、惜別を背負いながらゴミ袋を置く。

袋の中で転がったゴミ箱が、『神』を示す。俺の名前、彼女の字。

捨ててしまえば、もうあの部屋に彼女の残すものはなかった。

それですべてが断ち切れるわけではないとしても、俺は。

「……なぁ」

比内が髪を押さえながら顔をあげる。遮りのない、真っ直ぐな瞳が俺に向く。

頑健な眼差《まなざ》しは曲がることなく、俺の喉もとを睨んでいた。……恐ろしい。

それでもお願いしてみた。

「これは結構本気なんだが、あんたの詩を読ませてくれないか？」

そのためにこのゴミ箱を置いていたようなものだ。

それが途絶えたのなら、自ら繋いでいけばいい。

即座にお断りだと蹴り飛ばしてくるかと思ったが、比内の口は閉じていた。そういう段階を超えて怒っているのかと言えば、そうも見えない。口の端は怒気に溢れることなく静かで、目の下、頬が強ばる様子もない。意外な反応を静観していると、比内の手が伸びた。

「喜助にできる？」

「なにが？」

夕陽に映える、白浜のような手の甲を見つめながら聞き返す。

伸びた腕は、砂の橋のように儚くも眩《まばゆ》い。

「口づけ。それができるなら考えてあげるわ」

差し出されている手の甲と彼女の口を、往復するように交互に眺める。

流行っているのか、手の甲に口つけるの。

詩を読むのと、どう関連性があるかも分からなかった。服従の誓いじゃあ、あるまいし。

「……足じゃなくていいのか？」

「なぜあなたを喜ばせなければいけないの？」

誰が喜ぶかっ。にゃーっと口もとを歪ませる比内を直視できなくなり、背中を押されるようにしてその手に触れる。比内は触れられることを拒まない。そりゃあそうなのだが、拒否しない。比内の指を取り、腰を屈める。片膝を地面に突き、誓うように唇を添えた。

肌の冷たさを口で受けて、その刺激がぞくぞくと胴体を駆け巡る。寒気が霜のように背中に張りついた。ぶるり、ぶるりと身震いが続く。温度差と艶やかさに打ち震えていた。

玉となった空気が留まって喉が膨れ上がり、呼吸も止まる。息苦しさで視界が狭まり、口先に神経が集う。耳鳴りが増す中、比内の手の筋肉が軋むのを聞いた。

身体が揺れて顔を僅かに動かすだけでも、比内の手の感触を味わえる。

いつまで口づけをしていればいいのか。許されているのか。

酸欠からか意識が朦朧としてくる。……キスなんて、彼女と別れて以来縁がない。

昔は所構わず好きなだけしていたものだ。確か、こう、だったか。

思わず出た舌でれろんと手の甲を舐めたら、すぱーんと景気よく頭を叩かれた。

痛みはないが音が強く、激しく目が回った。

くらくらする。太陽があっちこっちへと卵の黄身みたいに動き回った。

そんな中、比内が手を押さえながら睨んでいるのを見る。

「誰が舐めろと言ったの」

「息苦しかったんだ」

言い訳して、額を押さえる。倒れかけたコマを見届けるように、目の回りが終わるのを待つ。

回転が止まったところで手を退けると、口をつけた手の甲をまじまじ眺めながら、比内が呆れたように目を細めていた。その目がきろりと俺を一瞥する。

「あなたも相当頭おかしいわね。単なる文章の練習の走り書きにこだわるなんて」

ポエムと言いきるのが嫌なのか、遠回りな嘘に落ち着いた。

並んで歩きながら、一応は言ってみる。

「あんた日本語勉強中なのか、道理で年上のおねーさんにしては言葉遣いが荒いと思ったなー」

俺の指摘は無風であるように無視される。いっそ髪を掻き分けて耳を引っ張り出して摘んでやろうかと思ったが、気配を感じ取ったように比内が身構えたのでないないですよーと、手のひらを見せて降参の意を示す。敵意というものを明確に感知する様は野生の動物か虫に近い。

その比内が、思うところがあるように俺を見上げてくる。

負の感情で化粧をしたように、瞼は鋭く、唇は尖っていた。

「でも、私の詩を面と向かって褒めたのは喜助、あなたが初めてよ」

比内がむすっと、唇を突き出したまま言う。なんでそういう台詞なのに不満顔なんだ。

表情の合わせ方を知らないんだろうか。ちぐはぐな印象がいつも目立つ。

左右非対称の瞳も含めて、安定感に欠けていた。

比内桃。知っていることは、多くない。

金を持っていて、働かなくて、若くて、不思議な性格。

好奇心を芽生えさせる、そんな女だ。

そこに引かれるものがあるのは否定できなかった。

「他のやつに見せたことあるのか？」

「あるわけないでしょう」

比内が腰に手を当てて憤慨する。堂々としているので、こちらの方が気まずくなる。

「じゃあ、当たり前だな」

それなら勿体ぶって言うようなことじゃないわけだが、いいのか。

屈折した物言いだよなぁと、そこから本人の味が滲むことも含めて評する。

比内は冗談の類を鼻にかけることもなく、平然と言い放った。

「読めば誰でも手放しに賞賛するに決まっているもの。喜助のような鈍重な感性にも響くものがある以上、これは確定事項と言えるわ」

「あぁそうですかい」

それを聞いて浮かぶのは、呆れよりも苦笑い。

あんたのその自信が羨ましくなるよ、と言外にぼやいた。

帰り道、振り向けばもう夕暮れ。

季節の尾に穏やかな火が灯り、その終わりを彩る。

夏の終わりを、比内と共に歩いた。

「タダイマーヨー、きとーりー」

「あ、おかえり」

「今日はゴミ箱拾ってきたヨー」

……え？

あとがき

いやぁ、ほんとリラックマかわいいなぁ。すみっコぐらしもかわいいけど。あと、くーまんもいい。どせいさんぬいぐるみもいい。ちょきんぎょぬいぐるみもいい。すずめのぬいぐるみもいい。ようするに、大体いい。

自分の原動力はなにかと考えると、やっぱり怒りなのだろうなと思う。自分はもっともっとハッピーにグレートにウルトラになっていいと考えて現状に満足できなければ打破しようと動き出せる。自分の期待に応えられない自分に腹が立って怒り続けているから動けるのだ。

まぁそれはさておいてこんにちは、嫌いなものは受賞作品でお馴染みの入間《いるま》人間《ひとま》です。

ある意味初志《しょし》貫徹《かんてつ》。

最近カイジを読み返していたのですが、古畑《ふるはた》頭いいよなーと思った。漫画で絵も含めて時間をかけているから色々と理解できるけど、カイジの戦略やらをあの場で短時間に把握できるのは、古畑すげーと思った。まぁそれぐらいです。他に書くことないんです。

あとカイジの最後の借金、計算が合わないような。

一応これは話としてあともう少し続く予定です。よろしければ次もお願いします。

あと時々、日本刀持った女子高生が暴れるための話を書きたくなる。

暴れる話じゃなくて、暴れるためにがんばる話。

納豆《なっとう》を混ぜていたら「腕つった」とか苦しみ出す父親と、ははーおやーに感謝しています。しています。しています。それと担当のMさんとOさんとAさんにも感謝しています。植田《うえだ》さんにも感謝しています。感謝って言葉は重ねるとなんでこんなに軽いんだろう。きっとスライスしちゃっているんだろうなぁ。分裂してどっちも同じにはいかんのよ。

今回もお買い上げありがとうございました。遅いですが、今年もよろしくお願いします。

入間人間

人間人間——著作リスト

探偵・花咲太郎は閃かない（メディアワークス文庫）
探偵・花咲太郎は覆さない（同）
六百六十円の事情（同）
バカが全裸でやってくる（同）
バカが全裸でやってくるVer.2.0（同）
昨日は彼女も恋してた（同）
明日も彼女は恋をする（同）
時間のおとしもの（同）
瞳のさがしもの（同）
彼女をすきになる12の方法（同）
たったひとつの、ねがい。（同）
19
—ナインティーン—（同）
僕の小規模な奇跡（同）
僕の小規模な自殺（同）
エウロパの底から（同）
砂漠のボーイズライフ（同）
神のゴミ箱（同）

嘘つきみーくんと壊れたまーちゃん　幸せの背景は不幸（電撃文庫）
嘘つきみーくんと壊れたまーちゃん2　善意の指針は悪意（同）
嘘つきみーくんと壊れたまーちゃん3　死の礎は生（同）
嘘つきみーくんと壊れたまーちゃん4　絆の支柱は欲望（同）
嘘つきみーくんと壊れたまーちゃん5　欲望の支柱は絆（同）
嘘つきみーくんと壊れたまーちゃん6　嘘の価値は真実（同）
嘘つきみーくんと壊れたまーちゃん7　死後の影響は生前（同）
嘘つきみーくんと壊れたまーちゃん8　日常の価値は非凡（同）
嘘つきみーくんと壊れたまーちゃん9　始まりの未来は終わり（同）
嘘つきみーくんと壊れたまーちゃん10　終わりの終わりは始まり（同）
嘘つきみーくんと壊れたまーちゃんi　記憶の形成は作為（同）
電波女と青春男（同）
電波女と青春男②（同）
電波女と青春男③（同）
電波女と青春男④（同）
電波女と青春男⑤（同）
電波女と青春男⑥（同）
電波女と青春男⑦（同）
電波女と青春男⑧（同）

電波女と青春男SF（すこしふしぎ）版（同）
多摩湖さんと黄鶏くん（同）
トカゲの王Ⅰ ―SDC、覚醒―（同）
トカゲの王Ⅱ ―復讐のパーソナリティ〈上〉―（同）
トカゲの王Ⅲ ―復讐のパーソナリティ〈下〉―（同）
トカゲの王Ⅳ ―インビジブル・ライト―（同）
トカゲの王Ⅴ ―だれか正しいと言ってくれ―（同）
クロクロクロック1/6（同）
クロクロクロック2/6（同）
安達としまむら（同）
安達としまむら2（同）
安達としまむら3（同）
強くないままニューゲーム Stage1 ―怪獣物語―（同）
強くないままニューゲーム2 Stage2 アリッサのマジカルアドベンチャー（同）
ふわふわさんがふる（同）
虹色エイリアン（同）
僕の小規模な奇跡（単行本 アスキー・メディアワークス）
ぼっちーズ（同）

〈初出〉
「1章『2000mg配合』」／電撃文庫MAGAZINE Vol．33（2013年9月号）
「2章（前）『女子中学生との援助交際において、彼の内宇宙に生じた律動』」／電撃文庫MAGAZINE Vol．34（2013年11月号）
「2章（後）『実は三章でもよかったと思う』」／電撃文庫MAGAZINE Vol．36（2014年3月号）
「3章『彼は彼女に彼女は彼に彼も彼女に、そして彼女と彼は』」、「4章『小鳥のさえずり』」、「5章『うつろう光の雨　オフホワイト　闇夜を灼く白昼　サンライトイエロー　そして、巡り往く季節の檻　セルリアンブルー』」／書き下ろし

文庫収録にあたり、加筆・訂正しています。

メディアワークス文庫

神《かみ》のゴミ箱《ばこ》

入間《いるま》人間《ひとま》

発行　2015年2月25日　初版発行

発行者　塚田正晃
発行所　株式会社KADOKAWA
〒102 - 8177　東京都千代田区富士見2 - 13 - 3
プロデュース　アスキー・メディアワークス
〒102 - 8584　東京都千代田区富士見1 - 8 - 19
電話03 - 5216 - 8399（編集）
電話03 - 3238 - 1854（営業）
装丁者　渡辺宏一（有限会社ニイナナニイゴオ）
印刷・製本　加藤製版印刷株式会社

Printed in Japan
ISBN978-4-04-869366-0 C0193

メディアワークス文庫　http://mwbunko.com/
株式会社KADOKAWA　http://www.kadokawa.co.jp/

本書に対するご意見、ご感想をお寄せください。

あて先
〒102-8584　東京都千代田区富士見1-8-19　アスキー・メディアワークス
メディアワークス文庫編集部
「入間人間先生」係

メディアワークス文庫

僕の小規模な奇跡
入間人間

僕が彼女の為に生きたという結果が、いつの日か、遠い遠い全く別の物語に生まれ変わりますように。これは、そんな青春物語だ。単行本で人気を博した作品を加筆修正の元、宇木敦哉のイラスト表紙で文庫化。

い-1-5
086

僕の小規模な自殺
入間人間

未来からやってきたニワトリが言う、『三年後に彼女は死ぬ』と。だが机をつついてコケコケうるさいそいつはこうも言う、『未来を変えろ』と。どちらも真に受けた俺は彼女のために三年間を捧げる決意をする。まずはランニングと食事制限だ！

い-1-13
242

昨日は彼女も恋してた
入間人間

小さな離島に住む僕。車いすに乗る少女・マチ。僕とマチは不仲だ。いつからかそうなってしまった。そんな二人が、変わったおっさん（自称天才科学者）の発明したタイムマシン（死語）によって、過去に飛ばされた。

い-1-7
111

明日も彼女は恋をする
入間人間

気づけばわたしは声を張り上げて、名前を呼んでいた。時間旅行。それは、『過去』の改変だった。わたしたちの改変の代価は、傷だった。歯車の迷宮に迷いこみ、その身を、四方からずたずたにされていくほどの。

い-1-8
116

時間のおとしもの
入間人間

この時代にタイムトラベラーを呼び寄せる。それが俺の目標だ。大学生の瀬川三四郎は、『未来を待つ男』だった。バカなことだと思ったが、本当に『未来が変わる』なんて……。時間に囚われた人間たちの、淡く切ない短編集。

い-1-9
121